ハヤカワ文庫 SF

〈SF2347〉

宇宙英雄ローダン・シリーズ〈654〉

暗黒空間突入

エルンスト・ヴルチェク＆クルト・マール

嶋田洋一訳

早川書房

8745

PERRY RHODAN

VORSTOß IN DEN DUNKLEN HIMMEL

DAS WUNDER DER MILCHSTRAßE

by

Ernst Vlcek

Kurt Mahr

Translated by

Yooichi Shimada

First published 2021 in Japan by

HAYAKAWA PUBLISHING, INC.

This book is published in Japan by

arrangement with

PABEL-MOEWIG VERLAG KG

through JAPAN UNI AGENCY, INC., TOKYO.

目次

暗黒空間突入

暗黒空間突入

エルンスト・ヴルチェク

登場人物

アラスカ・シェーデレーア………ネットウォーカー。もとマスクの男
テスタレ…………………………カピン。アラスカのプシオン共生体
キトマ……………………………クエリオン
ヴォソ・ミイ……………………オファラー。トシン
バルメグ………………………… 惑星エクリットの軌道人の首領
ライニシュ………………………侏儒のガヴロン人。ハトゥアタノのリーダー

1

ヴォソ・ミイも、名歌手団の歌に耳をすませば忘れていられた……

……自分がイジャルコルに烙印（らくいん）を押された追放者、赤い印を付されたトシンであることを。声を失ったオファラーという障害者であることを。

名歌手たちのトレモロが響くなか、かれも歌手団の一員になっていた。永遠の戦士グランジカルが、生命ゲームの惑星マルダカアンからアブサンタ＝ゴム銀河に呼びよせて名誉ある任務をあたえるほどの、声の力を持ったオファラーの一員に。

任務はグランジカルと、アブサンタ＝シャド銀河の永遠の戦士アヤンネーとのあいだで、数千年にわたってつづく争いに関係する。紛争の対象自体にたいした意味はない。紛争そのものさえ、実際には問題ではなかった。エスタルトゥの両戦闘司令官のあいだの、様式化された威信争いにすぎない。

「決定的証拠が必要だ！」グランジカル役の強烈な歌声が惑星エクリットの平原に響きわたり……ヴォソ・ミイは、自分が話しかけられたように感じた。「ここがだれの惑星なのか、だれに管理されるべきなのかをはっきりさせなくてはならない。暗黒空間へのゲートであるエクリットに戦士の殿堂を保持すべき者として、エスタルトゥはふたりの……アヤンネーとわたしの……どちらを指名したのか？　決定的証拠を持ってこい。エスタルトゥは沈黙しているから」

その声はヴォソ・ミイを貫き、成長させた。かれはもう、声なきけちな詐欺師、闇商人、女衒（ぜげん）、掠奪者ではない。戦士のプシオン性・ハイパー放射性のごみがつくる生体力学的な山のなかで、存在をやっとこさ維持しているだけの者ではない。かれ自身がごみの輸送者となり、グランジカルの廃棄物をこの無意味な世界に投棄するのだ。

「聞け！」その歌声はヴォソ・ミイの精神を貫き、かれを満たした。かれはもう歌えない。だが、聴覚と感受性は鋭敏だ。名歌手団の歌声はグランジカルの力の言葉のようにかれのなかに浸透し、かれを軍略家に変える。「わたしのかかえる問題を聞け、ヴォソ……」

岩の塊りであるエクリットは生命の存在しない世界で、明滅する赤い恒星の唯一の惑星だった。この単一惑星系が位置するのはアブサンタ＝ゴムとアブサンタ＝シャドの両銀河が重複する領域の奥深く、超越知性体エスタルトゥが直接統治する暗黒空間の境界線上だ。この星系は、脱出速度で計測するならアブサンタ＝シャド銀河に属し、アヤンネーの管轄下ということになる。

一方、座標的にはアブサンタ＝ゴム銀河の奥深くに位置し、暗黒空間から見てもアブサンタ＝ゴム銀河側に存在する。

「アヤンネーがこの世界をめぐってわたしと争うのは、この星系が遠い昔にアブサンタ＝シャド銀河に属していたから」グランジカルの歌声はつづいた。「だが、重要なのは現在だ。エクリットはわたしの勢力圏の奥深くにあるのだから、わたしのもの。わたしは暗黒空間の反対側のアブサンタ＝シャド側にある辺縁部の星々をアヤンネーにゆだねていて、向こうも同じようにすることをもとめているだけ。これがわたしのかかえる問題だ、ヴォソ。どう解決する？」

ヴォソは歌う。かつてオファラーが発したことのない、美しく迫力に富み、情熱的な快い歌声で。

「名誉ある戦士グランジカル」ヴォソは歌う。「あなたにとって実質的な価値のないものをめぐって、戦士アヤンネーと争うべきではありません。むしろ、この醜い岩の塊りがあなたにとってどんな意味を持つのかをアヤンネーにしめし……ここをあなたのごみ捨て場にすべきです。あなたの戦士領域に集まったあらゆる廃棄物をエクリットに投棄し、厄介なしろものをすべてここに積みあげて……戦士アヤンネーがどうしてもと望むなら、管理させてやればいい！」

なんと賢明な解決策だろう！　戦士グランジカルはこのアドバイスをよろこび、また戦士アヤンネーにひと泡吹かせられることにも気をよくして、雷鳴のような笑い声をあげ……

この公演のかぎられた観客たちも、楽しげに声を合わせて笑った。

この一節が名歌手団によってあまりにもすばらしく表現されたため、壮大なフィナーレさえ色あせてしまったほどだ。それにつづくカノンでは印象的な結末と、最後の諧謔が披露された。

グランジカルが科学技術の廃棄物をエクリットに投棄し、荒涼とした惑星全体がごみ捨て場と化しただけでもおもしろかったが、さらに観客を興奮の渦に投げこんだのは、名歌手団がアヤンネーにも同じことをアドバイスし、かれもまた廃棄物をエクリットに投棄しはじめた場面だった。

永遠の戦士二名のどちらにとっても予想外なことに、こうした廃棄物がエスタルトゥ全域の〝ごみ漁り〟を引きよせた。かれらは生物学性・プシオン性・ハイパー物理性廃棄物のなかからまだ使えるものを掘りだし、特異な文明の基礎を築いて……

信じられない惑星、暗黒空間へのゲートであるエクリットが誕生する……

名歌手たちの歌が徐々に消え、ヴォソは自分が現実にもどったのを悟った。現実はかれにとって、いかにも荒涼として見えた。

かれは賭けをした結果、財産をほぼすべて失ったのだ。自由を購い、同族のいるシオム・ソム銀河にもどるというチャンスは、手がとどかないほど遠くなってしまった。このトシンの印があるから！　自分の死に直結するのでなかったら、こんなもの、頭蓋から引き剝がしてしまいたい。だが、かれは数年前、この刻印を手術でとろうとした同族がどうなったか、見たことがあった。

いま、トシンから自由人になりあがるチャンスはどれくらいあるだろう？　あのとき、大ばくちの成功は絶対確実で、かれのロボットが戦いに負けるはずはなかった。エクリットで建造されたなかで最大の、もっとも強力なマシンだったから……たしかに、大きすぎたし、重すぎたが！　とはいえ、軌道人たち……つまりアヤンネー族は、どうやってその弱点に気づいたのか？　ごみ収集車に乗って周回軌道上をめぐっている傲慢な虚弱者たちは、地上の状況などなにも知らなかったはず。だからこそヴォソは、巨大ロボット対ロボット蠅の群れが戦う舞台を、北極の氷海にするという条件をつけたのだ。そこに卑劣な罠があると、どうしてヴォソが気づくはずがある！　蠅が巨大ロボットではなく、足もとの氷床に砲火を集中させるなどと。

ヴォソが気づいたときには手遅れだった。氷床は巨大ロボットの足の下で崩壊し、グランジカルは最悪の大敗を喫した。

それはヴォソ個人にとっても敗北だった。財産を倍にするどころかすべてを失い、トシンの印から自由になることもできない。そればかりか、〝本能的感知者〟という名声さえ失ってしまった。この恥ずべき大敗のあと、だれがかれを信用するだろう？

「ヴォソ、きみと話がしたいという者がいるんだが」公演後、名歌手の一名がかれに声をかけた。「自分のかわりに、きみに戦ってもらいたいということじゃないかと……」

ああ、傷口に塩を擦りこむがいいさ。ヴォソ・ミイはそう思った。

＊

ヴォソ・ミイは急いで扮装した。トシンの印を黒いヴェールでおおいかくし、切断された歌唱器官を顔の化粧でわかりにくくする。観客にはかれの欠陥が知られているので、視覚的にまでそれをはっきりさせる必要はない。

かれは悲しげに、頸の付け根の切断された歌唱器官を眺めた。不恰好な素嚢(そのう)にはスリットが入り、発声膜がとりのぞかれている。ヴォソはその上に発話マスクをかぶせ、ある程度は音楽的な声が出るようにしていた。

触手を振りながら、仲介所の連絡室に入る。無毛の侏儒(しゅじゅ)が一名、かれに背を向けて立ち、動きまわる生体力学的風景を窓ごしに見つめていた。この日の風景は地平線までつづく砂漠で、いくつもの砂丘が連なっている。

無毛の侏儒は二本腕の二足歩行者だったが、片方の腕は切り株くらいしかのこっていなかった。足音が聞こえたらしく、ヴォソのほうを振りかえる。眉のあたりの骨が張りだし、鼻はたいらで、唇の薄い大きな口はほとんど左右の聴覚器官にとどきそうだった。ヴォソはとくになにも感じない。着用しているシャント戦闘服をのぞけば、侏儒は平凡で無害な印象だった。

「なんだ、ヒューマノイドか！」ヴォソは大声でいい、小首をかしげた。「この訪問の栄誉はなんのためかな？」

「ゴリムの表現を使われても、うれしくもなんともない。そのような侮辱はつつしまないと、悪いことが起きるかもしれない」侏儒が洗練されたソタルク語でいって、切り株のような左腕をあげ、脅すようにヴォソに突きつける。「自分のことを不運つづきだと考えているだろうが、生まれてこなければよかったと思うくらいの目にあうことになるぞ。おまけに、儲かる仕事をふいにするかもしれない」

ヴォソは腕の切り株を見つめ、そこから見えない腕がまっすぐにのびて、一本の指を突きつけているような印象を受けた。この訪問者は見えない手のなかになにをかくしているのだろう？

「失礼した、異人よ」ヴォソは礼儀正しく謝罪した。「ただ、あなたをゴリムあつかいするつもりはなかった。ネットウォーカーにしてエスタルトゥの敵である真のゴリムと、以前に誤ってゴリムと呼ばれた、〝それ〟の力の集合体からきたヴィーロ宙航士とのあいだには、微妙な違いがある。〝ヒューマノイド〟というのは、いまやわれわれの味方だとわかっているヴィーロ宙航士が持ちこんだ言葉だ。あなたをなんと呼べばいい？用件はなんだろう？」

「取引が成立するまでは異人でいい」訪問者はそういい、さまざまな形状のシート六脚のなかから自分に合うものを選び、腰をおろした。「前回の大ばくちは運がなかったな、ヴォソ。そんなきみにもう一度チャンスをあたえようと思っている。きみの仲介サービスを利用したい。条件さえ満たせば、報酬ははずむ。わたしはきみのどんな願いでも叶えることができる」

「そんなことがいえるのは永遠の戦士だけだ」ヴォソはむっとしたあと、怒りにとらわれた。この訪問者は軌道人アヤンネー族の使者にちがいない。自分を嘲笑しにきたのだ！　ヴォソは怒りのあまり、トシンの印をかくしていたヴェールを引き裂き、叫んだ。

「けっこう！　だったら、この汚点から解放してもらおう」

「そんなことでいいのか？」訪問者はヴォソのトシンの印にも、わずかな驚きさえ見せなかった。「では、報酬として、戦士によるきみの禁令を解除させることにしよう。きみのサービスに満足したら、トシンの印から解放し、歌声をとりもどさせることを保証する」

「悪い冗談ではないので？」ヴォソは信じられない思いだった。

「わたしは冗談などいわない」訪問者の口が真一文字になった。「それだけの権限があるのだ。だが、その力をしめしてみせろとはいわないことだ」

「ああ、もちろん」ヴォソは六本の触手すべてをのばした。「望みをいってみてくれ。かならず実現させるから」

「兵士を探している」訪問者が簡潔にいった。

「用意できるとも。何名必要か？　百名？　千名？　軍団をまるごと用意することも可能だ。エクリット人を構成している二派から無作為に選びだせば、どんな戦争も……」

訪問者が無毛の頭を左右に振るのを見て、ヴォソは黙りこんだ。

「軍団は必要ない。わたしの指の数だけで充分だ」かれは右腕と、左腕の切り株をヴォソのほうに向けた。ヴォソはまたしても、そこに左手があるように感じた。ひろげられた五本の指が心の目に見えるようだ。侏儒は言葉をつづけた。「それ以上はいらない。ただ、全員が経験豊富な兵士でなくてはならない。どんな状況にも対応でき、どんな相手にも負けないような。たとえ永遠の戦士やソトが相手でも！」

ヴォソはわずかにあとじさった。

「なにをする気なんだ？」

「いまのは言葉のあやだ」訪問者はかれをなだめ、口角をわずかにあげて笑みをつくった。「だが、そこにも一片の真実はふくまれる。わたしが必要とするのは、そうした戦士にもひけをとらない者たちということ」

「それほどの人材は、エクリットにはいない」と、ヴォソ。

「きみにはそれだけの兵力を提供することができないと、理解していいのだな？」訪問者はそういって立ちあがった。

「そうはいっていない！」ヴォソがあわてて答える。「たしかにむずかしい注文だが、なんとかしよう。信じてくれ！」

「けっこう」と、訪問者。「たよりにしているぞ。充分に時間をかけて選ぶのだ。兵士が必要になったとき、またくる。条件さえ満たしていれば、数はもっとすくなくてもかまわない」

「数が減った場合、報酬はどうなる？」

「その場合も変更はない……量ではなく、質が問題なのだ！」侏儒はかれに背を向けた。見えない左手がシートの背もたれにぶつかり、金属的な音をたてる。かれはもう一度、ヴォソに向きなおった。

「これは取引とは関係ないが……なんの罪でトシンにされたのだ？」

「たいした罪ではない」ヴォソが答える。「惑星マルダカアンの生命ゲームで、自力では試験に合格できそうにない候補者を支援した。ほかのオファラーたちも上層部の指示でそうしたのだが、わたしはゲームに敗北してしまった。明らかに、見せしめにされたのだ。その結果、オルフェウス迷宮に行くか、トシンの印を受け入れるかの二者択一を迫られた」

「きみが第一の選択肢を選ばなかったのは残念だ」侏儒が立ち去りぎわにいった。「そうしていれば、たぶんもっと早く知り合えたはず……」

「あなたは戦士ヤルンの迷宮で狩人だったのか？」ヴォソは侏儒の背中に向かってたずねたが、返事はなかった。

　窓から外を見て訪問者の姿をたしかめようとしたが、突然変異したバイオマスが積み重なって異様な造形物をつくりだし、フォームエネルギー製の街路トンネルをふさいでしまっている。

　ヴォソはいまの会話を反芻(はんすう)した。夢のような話だ。まっとうなチャンスととらえていいのだろうか？　見知らぬ相手の言葉に乗せられたくはない。数えきれないほどいる敵のだれかのいたずらかもしれない……戦いに負けたおかげで、敵にはこと欠かないのだ。だが、たとえチャンスはわずかでも、依頼をはたしたいと思った。

　候補はすぐに十数名、思い浮かんだ。いずれもこの依頼にふさわしい兵士たちだ。

　ヴォソは歌芝居館に連絡し、首席名歌手のガルモルに映像をつないでもらった。

「ガルモル、故郷に帰るための第二のチャンスをつかんだ」と、興奮ぎみに報告する。

「もちろん、きみも連れていく。きっとやりとげてみせる」

「観客のなかにいた侏儒のガヴロン人が持ってきた話か？」名歌手はヴィブラートがかかった美声でたずねる。

「そのとおり。なにか問題でも？」

「問題だらけだ」と、ガルモル。「われわれはかれにヒュプノ暗示的影響をあたえることができなかった。それどころか、軌道人が出てくる最後の場面では、向こうからバルメグのイメージをぶつけてきた。上層の軌道に住む、あの盗賊のイメージを！」

「だからなんだ？」と、ヴォソ。「かれ、着陸料を支払わなかったものだから、バルメグともめたんだろう」

「わたしの見方は異なる」ガルモルが反論する。「あのガヴロン人は、きみが賭けた戦いをアヤンネー族に売りこんでいたのがわかった。巨大ロボットを氷の海に沈めたのもかれにちがいない」

「くそ！　くそ！」またしても、なんという窮地におちいってしまったのか！　どうすれば脱出できる？　「エスタルトゥの加護あれかし！」

「エスタルトゥがまだここにいると、また思うことにしたのか？」ガルモルに皮肉をいわれ、ヴォソは接続を切った。

かれはしばらく考えこんだすえに、依頼主の情報を集めることにした。

2

惑星エクリットはゆったりと休息できる世界ではない。見た者を感動させる自然の美しさといったものは、いかなる意味でも存在しなかった。文化的施設も、技術的驚異も、歴史的遺構も、詩神の殿堂もない。この惑星には見聞や体験に値いするものはなにもなく、知性体が美しいとかすばらしいとか感じるものも、いっさい見あたらなかった。エクリットは一個の巨大なごみ箱といえる。

それでもエクリットは、つねに訪れる価値があった。なぜなら、エクリットはエスタルトゥの力の集合体のなかで最大の、噂の交換所だったからだ。噂の真偽を見ぬくことができる者なら、有益な情報をいくらでも得ることができる。

赤い恒星の唯一の惑星であるエクリットは、アブサンタ＝ゴム銀河とアブサンタ＝シャド銀河の重層ゾーンに位置している。天文学的な基準では後者に属するが、重層ゾーンの中央に存在する暗黒空間の反対側にあるため、距離的には前者の中心のほうが近い。

だから星図カタログにおいては、この単一惑星系はアブサンタ＝ゴム銀河に属する。現実的には、エクリットは無人地帯とされていた。

伝説によると、かつてこの荒涼とした惑星がどちらの勢力圏に属するかをめぐって、戦士グランジカルと戦士アヤンネーが争ったという。領有することに虚栄心以外のどんな意味があったのか、詳細は伝わっていない。やがてグランジカルはこの惑星をごみ捨て場にした。すぐにアヤンネーもそれにならい、エクリットには生物性・化学性・ハイパー物理性・プシオン性のあらゆる廃棄物が集まるようになる。そのごみが、エスタルトゥ全域からネズミを呼びよせた……これがこの世界の入植と、独特の文明の出現についての歴史だ。今日でもなお、永遠の戦士両名の争いは、住民がふたつのグループに分かれるというかたちで記憶されている。一方はネズミらしく地上で生活し、グランジカル族と称している。もう一方は奇妙な宇宙ステーションに住んで軌道を支配し、アヤンネー族と呼ばれる。ただし、どちらのグループも、永遠の戦士どちらか一方の支援を受けているわけではない。

そこへオファラー二十名からなる一グループが〝エクリットの名歌手団〟と名乗りをあげ、この世界の歴史とされるもののパロディを、おもしろおかしい歌芝居に仕立てあげた。それでアラスカ・シェーデレーアも、この〝ごみ捨て場〟の入植の背景を知ることになった……

もう十年以上前の話だ。以後、かれは何度もこの惑星を訪れ、情報を集めたり、みずから噂を流したりしていた。

直近でエクリットを訪れたのは四カ月前だ。当時、かれはアブサンタ＝ゴム銀河の中心でなにかが起きているという情報を得ていた。その手がかりを追いかけていて、あやうく帰れなくなるところだったのだが。いまは十二月初頭になり、かれは自分が不在だったわずかな期間に起きたことに驚かされた。

〝丸太〟の出現。エイレーネの失踪。ペリー・ローダンが娘を探しにいき、ふたりの冒険がはじまる。ついにイホ・トロトによって救出され、ハルト人とネットウォーカーたちが〝丸太〟を調査しようとして失敗し……

アラスカはいちばん近いネットのノードから情報を得たものの、かれが手を貸すには遅すぎた。エイレーネの入団式にもまにあわなかった。彼女が同意の刻印を受けるとき、その場に立ち会う五名のひとりになるつもりだったのだが。

たぶんこれでよかったのだ。エイレーネに会えば、兄ロワ・ダントンの消息をたずねられたはず。かれとしては、捜索をあきらめないという約束をくりかえすことしかできない。だが、ローダンの息子やほかの者たちのシュプールを発見できると自分がまだ信じているのかどうか、よくわからなくなっていた。内心ではもうあきらめて、以前ほど熱心に捜索していなかったかもしれない。

いずれにしても、かれは惑星サバルに行き、エイレーネを祝福するつもりでいる。だが、それはすべてがうまくいったあとでいい。急ぐ必要はなかった。いまはまず、この件をかたづけてしまいたい。

アラスカはアブサンタ＝ゴム中心部の危険なシュプールをたどっていて、帰れなくなるところだった。テスタレともども捕虜になりかけたのだ。だからいま、エクリットに向かい、自分とテスタレを破滅させるところだった情報の出どころを探ることにした。

テスタレは当時、警告したもの。

「〝不吉な前兆のカゲロウ〟には近づかないように」また、こうもいった。「エクリットには行くな。もし、だれかがきみを罠にかけるつもりだったとしたら、きみが追ってくると考えて反撃してくるだろう」

だが、アラスカは復讐を望んでいるわけではなかった。

「そのときは背景を明らかにするだけで満足するさ。明らかにすることがあればだが……」

こうしてかれは《タルサモン》でエクリットに向かったのだ。

宇宙船内にいてもプシオン・ネットの優先路を使い、個体ジャンプでエクリットに行くことはできた。だが、それだと不確実な要素がある。エクリットに接する優先路は、プシオン性のごみの影響で、つねに変動しているから。それとはべつに、こっそり立ち入るのではなく、堂々と訪問したかった。エクリットでかれは〝シェーディ〟という名で知られており、それなりに〝名声〟を得ていたから。

軌道人たちは《タルサモン》を一光分のところまで接近させ、そのあと大量の通信を送ってきた。かれらの最大の関心事は、訪問者に要求する通行料だ。

「バルメグと話したい」アラスカはそういって、アヤンネー族のところに登録してあるプシオン標識を送信した。

すぐに軌道人の首領のホログラム映像があらわれ、シェーディを温かく歓迎した。

「今回はなにを持ってきた?」相手はすぐにそうたずねた。

「話だ。ほんとうの話」

「だったら、わが城にきて聞かせてくれ」バルメグがいった。

＊

バルメグの〝城〟は直径一キロメートルの車輪形宇宙ステーションで……ただ、その車輪には五十以上の角(かど)があった。この不等辺多角形の中心は直径百五十メートルの、連結解除可能な球型船だ。五十本のスポークは不規則な間隔で車輪部分につながっていて、スポークも車輪も、太さは場所によってまちまちだった。

アラスカは全長七十メートルの涙滴形宇宙船《タルサモン》を指定された位置にドッ

キングさせ、部外者が侵入できないように施錠した。そのあと船載転送機でバルメグの居所に移動する。そんなときはどうしても、かれの運命を決定づけた旧暦三四二八年の出来ごとを思いださずにはいられなかった。六百年以上前のことだし、その結果もすでに克服できているが、転送機を使うときはいまだに、カピン断片を宿すことになった事故が脳裏に浮かんでくる。かれが数世紀にわたり戦いつづけたそのカピン断片は、最初は顔に、次いでからだに宿った。それも過ぎたことで、キトマの助力により、テスタレとはずいぶん前に和解した。いまでは親しい友となっている。とはいえ、アラスカはいまも変わらず〝転送障害者〟だった。

異様な装備のプテルス二名にともなわれ、受け入れ部からバルメグの宴会ホールに向かう。そこは現代的な司令スタンドと、テラの中世東洋ふう封建領主の居室を折衷したような場所だった。

バルメグ自身は疑似ヒューマノイドで、頭と胴体、二本ずつの腕と脚が、人類と同じように配置されている。だが、似ているのはそこまでだ。両手両足の指は六本ずつあり、指のあいだには水かきに似たものがあった。バルメグは訪問者を裸のまま迎えるので、そのことがはっきりとわかる。軌道人の首領は〝戦いの場ではエスタルトゥの指示どおり充分にそなえ、社交の場では自分自身を見せる〟という、永遠の戦士と同じ原則を採用していた。

ただ、アラスカは、バルメグがエスタルトゥの力の集合体に住むどの種族にも属さないと確信している。ネットウォーカーによる人類学の調査資料を見るかぎり、バルメグのようなヒューマノイド種族はどこにも記録がなかったから。かれの肌は銀色で細かい鱗があり、半透明だ。球形の頭部はとりわけ透明感が強く、透きとおった頭蓋のなかの脳がはっきりと見える。バルメグは生きた解剖学模型だった。

「わたしは美しいと思わないか、シェーディ？」かれは訪問者を前に、くるりと一回転してみせた。そのあと脈絡なくつぶやく。「エクリットのくそったれな放射のせいでミュータントになってしまった。もとの姿だったら、どれほどすばらしかったことか！」

ふたつのちいさな複眼が輝き、かれは思わず額を押さえた。そこには十センチメートルほどの組織塊がある。

「家系の調査はできたのか？」アラスカがたずねた。

バルメグが球形の頭を横に振る。

「エスタルトゥの被造物において、自分が唯一の存在だと受け入れるしかなさそうだ。いずれ超越知性体のところまで困難な旅をして、なんのためにわたしをつくったのか、たずねてみなくてはならない。だが、エスタルトゥはもういないというのはほんとうなのか？　その方面で、なにかかわかったことはあるか、シェーディ？」

「そういう噂は気にしたことがなかったな」アラスカは答えたが、内心ではほくそ笑んでいた。七年前、エクリットで〝エスタルトゥはもうここにはいない〟という噂を流したのは、かれ自身なのだ。ネットウォーカーたちもこのスローガンを力の集合体のなかにひろめて、法典忠誠隊員の多くを不安におとしいれていた。「ただ、きみの家系については、エスタルトゥも情報を提供できないと思う。きみは実際、十二銀河の諸種族のどれにも該当しない存在だ。つまり、きみの故郷はそこではなく……」

「ばかをいうな！」バルメグはアラスカの言葉をさえぎった。「それ以上なにかいったら、裸で真空中にほうりだすぞ」

……M‐87なのだから！　と、アラスカは声に出さずにつけくわえる。かれはすでに確信していた。バルメグがいわゆる三次制約者ことパーリアンの、突然変異した末裔であることを。額の組織塊は〝時間眼〟のなごりだろう。それ以外に、指のあいだの水かきや細い頸にある鰓のような構造も、パーリアンそのものだ。

アラスカはパーリアンも、M‐87のそのほかの種族も、実際に知っているわけではない。ギャラクティカーと中枢部の設計者の最後のコンタクトは、かれの時代よりもはるか昔のことだから。イホ・トロトとともにバルメグに会ったさい、ハルト人がパーリアンとの類似性を指摘したので、M‐87とのつながりに気づいたのだ。たぶんバルメグは過去にエスタルトゥの銀河へ遠征したパーリアンの、最後の子孫なのだろう。

「それで、どんな話だ？」バルメグは気短に先をうながした。「ためになる話か？　儲けにつながる知識をあたえてくれるか？　グランジカル族に対抗するわたしの力を強めるのに役にたつ話か？」

「そのどれでもない」と、アラスカ。「わたしが中立の立場なのは知っているはず、バルメグ。きみたちの勢力争いに介入する気はない」

「〝ちび〟もそういっていた」バルメグがおもしろそうに指摘する。「だが、結局わたしに力を貸してくれた。あれは楽しかったぞ、シェーディ！　われわれが地虫どもともときどき争ってるのは、きみも知っているはず。舞台は宇宙空間のときもあるし、地上のときもある。今回の闘技場はエクリットだったから、グランジカル族は勝利を確実視していた。だが、われわれは巨大ロボットを北極圏におびきだし、ちびはその足もとの氷を溶かした。地虫どもが誇る巨大ロボットは、いまでは氷海の底だ。ちびは最初のうち中立をたもつといっていたが、結局は手を貸してくれた」

「どのちびのことだ？」アラスカがたいした興味もなくたずねる。

「きみと同じヒューマノイドだが、そう呼ばないほうがいい！　かれは侏儒のガヴロン人だ。なにかの大ばくちのため、戦力をもとめている。なにをする気なのかは、わたしに訊かないでもらいたい。前にも最高の部下二名をかれに託し、その見返りに勝利をもたらしてくれた。これこそが取引というものだ！」

「わたしはそういう取引はしない」と、アラスカ。「物質的な利益を期待するなら、わたしの話は聞かないほうがいい。通行料も現金で支払おう」
「ま、聞かせてくれ」バルメグは失望をかくそうともしなかった。

＊

「エスタルトゥ第七の奇蹟、アブサンタ＝ゴム銀河の〝不吉な前兆のカゲロウ〟のことは、説明の必要もないだろう、バルメグ」アラスカが話しはじめた。「だれもが知るとおり、これはアブサンタ＝ゴム銀河でしか見られない、プシオン・ネットの未探究部分に関わるものだ。あの銀河に沿ってプシオン・ラインを移動する宙航士なら、ほぼ全員がなんらかのかたちで対処してきたはず。一種の寄生体で、宇宙船のような異物に魔法のように引きよせられる。その存在に気づくことも、探知することもできない。プシオン・ネットをはなれ、通常空間にもどってはじめて、カゲロウの大群を引き連れていることに気づいて愕然とする。カゲロウは通常宇宙では生きられない。どんな大群も数時間のうちに拡散してしまい、そのまま死ぬか、プシオン・ネットにもどっていく。ところが、そのときに一連のパラ物理性・パラ心理性現象が起きるのだ。宇宙船が変形したり、技術装置が故障したり、あとまで長くつづく誤作動が起きたりする。知性体は幻覚を見る。将来の人生が目の前に展開し、最後はかならず死で終わる幻覚だ。そう、このカゲロウが原因で、一惑星の住民が全滅した例もあった。ただの幻覚ではなく、たいていの場合、見たとおりのことが起きるのだ。それに見舞われた者が法典に忠誠を誓っていなければ、かならずそうなる……」

「なあ、シェーディ、眠くなってきたんだが」バルメグが言葉をさえぎっていった。

「グランジカルがナックたちにカゲロウを操作させて、敵に圧力をかける手段にしてることなら知ってる。エクリットにいる者ならだれだって、いわゆる〝エスタルトゥの奇蹟〟が実際には武器だと知ってるんだ。そこがきみの話の眼目なのか？」

アラスカはゆっくりと首を左右に振った。

「眼目は、カゲロウが次はエクリットを襲うという点だ！」

「ばかな！」と、バルメグ。「カゲロウが両銀河の重層ゾーンに出現しないことは知っているはず。くわえて、エクリットはプシオン性のごみが強固な防御バリアになっている。ゴリムでさえ近づけないのだ。ここはカゲロウからもネットウォーカーからも、安全に守られている」

アラスカは反論しなかった。ネットウォーカーに関しては自分のほうが事情に通じているものの、たしかにそのとおりだ。カゲロウのほうも、バルメグのいうとおりだった。それはアラスカもわかっている。虚偽の主張はバルメグを釣りあげるための餌だった。

「たしかな筋から得た情報だ。じつをいうと、ネットウォーカーから」

「それはぜひ聞きたいな」バルメグの興味がいっきに再燃した。「きみはゴリムとどんな関係なんだ？」

「関係はない」アラスカは嘘をついた。「前回エクリットにきたとき、アブサンタ＝ゴム銀河でなにかが起きているのを感じた。調査のため、プシオン・ネットを何週間も航行してみた。一度たりともカゲロウには出くわさなかった。奇妙だと思わないか？」

「たしかに」と、バルメグ。「ありえないといっていいだろう。だが、それには理由がある。報告によると、グランジカルがナックを使って、カゲロウを特定の領域に追いこんだそうだ」

「なんのために？」アラスカがたずねる。

バルメグは両手をひろげ、理由は知らないことをしめした。

「わたしは知っている」と、アラスカ。「ゴリムから聞いたから。カゲロウが集まっている宙域が、ようやく発見されたのだ。アブサンタ＝ゴム銀河の中心部ではなく辺縁部で、重層ゾーンのすぐ近くだ」

バルメグは拒否するように片手を振った。

「むしろ、ゴリムについて話が聞きたい」

アラスカはうなずき、目を閉じて意識を集中し、記憶をはっきり呼び起こそうとした。ほんとうは忘れたほうがいい出来ごとだ。話を聞いたネットウォーカーというのは、実際には自分自身のことなのだから。かれが救われたのはテスタレの犠牲的精神のおかげだった。かれのプシオン共生体、かつてのカピン断片だ。テスタレには肉体がなく、物質プロジェクションを使って姿をあらわすことしかできない。

プシオン流に乗って移動するとき、アラスカとテスタレはひとつになる。どちらにとっても、ふたたび別々になることなど考えられない。それでもアラスカは、くりかえし肉体的存在にもどることをもとめた。長く肉体を失ったままでいることはできず、それはテスタレも理解している。ところが、肉体的存在でいる時間が長くなればなるほど、アラスカにとってはプシオン共生体とはなれているのが耐えがたくなるのだ。

そんなことを考えながら、バルメグに向かっていう。

「《タルサモン》でその宙域を航行したとき、最初はカゲロウが集まっていることにまったく気づかなかった。エネルプシ飛行中は探知できないから。通常空間に復帰してはじめて、カゲロウが出現した。船は事実上、カゲロウの群れにつつみこまれていて、わたしは頭がおかしくなったのかと思った。そのとき、一ゴリムから精神コンタクトがあったのだ。かれはテスタレと名乗り、ネットウォーカーだといった。ネットウォーク中にカゲロウに襲われ、吸いこまれそうになったという。わたしの船がカゲロウの大群を追いたて、通常空間に引きずりだしたので、結果的に命が助かったということ。かれは返礼として、カゲロウのプシオン影響力からわたしを保護し、悲惨な運命から救ってくれた……」

　実際の状況はすこし違う。アラスカとテスタレはいっしょに個体ジャンプで優先路を移動していた。エネルプシ・エンジンでプシオン・ネットを飛行する宇宙船とは違い、ネットウォーカーはカゲロウの位置を認識し、避けることができる。ただ、今回は危険を認識しても意味がなかった。カゲロウの数があまりにも多く、一ノードの優先路がすべてふさがっていたから。テスタレがプシオン共生からはなれてカゲロウを引きつけなかったら、アラスカはおしまいだっただろう。かれは隙を見て《タルサモン》に乗りこみ、テスタレを救出した。そこはバルメグに話したとおりだ。

　アラスカが話をつづける。

「ゴリムに目的地を訊かれ、エクリットだと答えると、教えてくれた。カゲロウはエクリット攻撃のために集結させられていると。深刻な危険が迫っているのを信じる気になったか？」

「たまたま、わたしのほうがよく知っているようだな」バルメグは額の組織塊を掻いた。「グランジカルがカゲロウを使った作戦行動を計画しているのはたしかだ。ただ、それはまちがいなく、エクリットを狙ったものではない」

「では、どこを？」

「だめだ、シェーディ」バルメグが叱責する。「わたしの情報はそんなに安くない。借りがあるのはわたしのほうか、それともきみのほうか？」

アラスカは肩をすくめた。

「これで貸し借りなしでは？」

「いいだろう。ネズミどもといっしょにごみを漁りたければ、エクリットに行くといい。だが、ひとつだけ教えてくれ。どうしてそのゴリムを捕まえなかった？　けっこうな懸賞金が手に入っただろうに。〝パーミット〟さえ授与されたかもしれない」

「どうやって精神存在を捕まえるんだ？」と、アラスカ。「そのゴリムはカゲロウの攻撃を受けて、肉体を失っていた」

「それは残念だったな」バルメグが同情するようにいった。

3

アラスカ・シェーデレーアはエクリット最大のホテルに部屋をとった。パーミット・ホテルといい、高さ一キロメートルの卵形で、いちばん太い部分は直径が五百メートルある。エクリットの建物はどれもそうだが、このホテルも地上には固定されておらず、この大陸を構成する生体力学構造のなかに浮かんでいた。ここでは数十万の複合体がつねに位置を変えながら、複雑な循環システムにしたがって動きつづけている。複合体同士はフォーム・エネルギーのトンネルでつながっていた。

「テレポートを使いますか?」フロントのプテルスがたずねた。

「いや、けっこう」アラスカが答える。

エクリットのテレポート・システムは信頼性が低かった。プシオンごみの散乱放射が強いため、システム全体が数時間から数日のあいだ停止したり、テレポート事故が頻発したりする。エクリットにはプシオン・ネットの優先路が接触しているが、この理由からアラスカは、この世界にくるのに個体ジャンプを使わなかった。《タルサモン》を軌道の反対側に相対的に静止させ、侵入を防ぐため施錠して、全長十メートルの搭載艇で着陸したのだ。搭載艇は母船と同じ涙滴形で、太くなった船尾の下側に着陸台座をそなえている。ただ、エネルプシ・エンジンもメタグラヴ・エンジンも搭載していないため、超光速飛行はできない。

エクリットで正体が露見する危険はなかった。実際、ネット・コンビネーション姿で人前に出ているくらいだ。ここでは寡黙で近よりがたい冒険家として知られていて、有名な伝説的人物になっていたから。

ホテルの部屋にもどり、ホログラムのスイッチを入れると、この数週間の出来ごとの概要が流れた。グランジカル族の巨大ロボットが氷海で敗北したというニュースに、思わずほくそ笑む。バルメグがこんな策略を使うとは、だれも想像しなかったろう。ほかにはとくになにもなかった……すくなくとも、ネットウォーカーが気にするような話は。そこに臨時ニュースが入った。エクリットの噂話としてさえかなり怪しげだが、永遠の戦士十二名が一堂に会するという。

「……超越知性体エスタルトゥの長期計画が話し合われる予定です。恒久的葛藤の拡大が議題となるほか……」

エクリットの人々はエスタルトゥのことを、パーミットの取得を打診する善良な知人のように話す。〝パーミット〟というのは、エクリットでは魔法の言葉だ。

都市の地図を3D表示させたとき、ドアのチャイムが鳴った。よくあることではない。訪問者はパーミット・ホテルのフロントで来意を告げるのがふつうだ。アラスカは個体バリアを展開し、ドアに向かった。映像リンクで外を見ると、マントに身をつつんだ一オファラーの姿があった。

「わたしだ、ヴォソ・ミイだ」発声膜を切断された、しわがれた声だった。「話がある、シェーディ」

アラスカはバリアを切らずにかれを迎え入れた。武器を持っていないことを確認する。「きみはまさにエスタルトゥからの贈り物だ、シェーディ」ヴォソはそう挨拶し、部屋の中央の床の上に腰をおろした。「幸運だった。ちょうどいいときにきてくれた。あすでは遅かったろう。応募の最終日だ」

アラスカの目には、ヴォソは小悪党とうつっていた。トシンの印を消すためなら親友でも売るだろう。アラスカはかれを〝闇屋〟と呼んでいる。どんな相手にも、どんなものでも仲介するから。以前にはソト＝ティグ・イアンの輜重隊を編成したことがあるともいっていた。

「ほう、名歌手団の公演の入場券でもとってくれるのか？」アラスカがばかにしたようにいう。

ヴォソは三本の触手を振った。

「受けてくれれば、名歌手団の公演もおまけにつけよう。だが、わたしの話を聞けば、そんなものはどうでもよくなるだろう」

「興味津々(きょうみしんしん)だよ」アラスカが興味なさそうにいう。

「そう邪険にするな、シェーディ。わたしはいま、ある大物のためにエリート部隊を編成中なんだ。六名集めたが、あんたみたいな人材がもうひとり必要だ。受けてくれれば、富も名声も思いのままだぞ」

アラスカはあきれて顔をそむけた。

「消えろ、ヴォソ」

「あわてることはないさ、シェーディ」ヴォソが譲歩するようにいう。その声は泣き言をならべているように聞こえた。「正直に話をするが、いいか？」

「いいだろう。どういうことだ？」

ヴォソは触手を動かした。

「わたしもよくわからないんだ。すこし前に侏儒のガヴロン人がやってきて、経験豊富な兵士を数名集めてくれといってきた。大きな報酬を約束して。もちろんすぐに身元をたしかめたが、なにもわからなかった。名前さえわからない。まったくの白紙だよ。ただ、ひとつだけたしかなことがある。あれだけの大言壮語ができるのは、強力なうしろ楯がいるからだ。いってたことに嘘はない」

「なんといってたんだ?」

「トシンの印を消してくれると約束した」ヴォソの声が急にちいさくなった。

「なるほど」その瞬間、アラスカはかれに同情しかけた。トシンでなくなるためなら、どんなちいさなチャンスも逃したくないのだろう。そのことをアラスカに向かって誠実に打ち明けたのは賞讃していい。「残念ながら、役にはたてない。わたしは高値をつけた相手のいいなりになる傭兵ではないのでね」

「あんたはなんの義務も負わない」ヴォソがいった。「とにかく一度、そのちびと話してみてくれ。決める前に面接がある。最高の戦士二十名を紹介したけど、かれの眼鏡にかなったのは六名だけだ。要求水準が高くてね。合格しても、断ってもらってかまわない。とにかく面接を受けてくれ。そのあと断ってもいいから。すぐに行かないと、あすには出かけてしまって、しばらくもどってこない。いずれにせよ、考える時間はたっぷりある。シェーディ、たのむよ。負担はなにもなしで、一生の友情が手に入るんだ」

「どこに行けばいい?」

「案内する」と、ヴォソ。「だが、その前に心から忠告しておく。ちびの前では気をつけろ。無害そうに見えるが、狡猾(こうかつ)な悪党だ。この前、バルメグに向けて用意した戦闘ロボットを闘技場で沈められた。憎たらしいやつだ! わたしを破滅させるためだけに、あんなことをしたのかも……」

アラスカはバルメグがいっていた〝ちび〟のことを思いだした。ヴォソの話と符合する。どうやらオファラーの話は信用してもよさそうだった。

「ほかになにか気をつけることはあるか？」と、アラスカ。

「いまいったとおり、見た目は無害だ。だが、シャント戦闘服を着用している。身のこなしから見て、ウパニシャドの十段階の修行をすべて終えてるようだ。見くびるんじゃないぞ。あと、左腕に気をつけろ。目には見えないが、デフレクターでかくしてるだけなのはまちがいない」

＊

ヴォソはアラスカをレンタルフェリーに乗せ、生体力学的風景のなかを都市郊外に向かった。数時間の潜行で、十数棟の複合体が集まった居住区に到着。建物の大きさはさまざまだが、どれもダイヤモンドのようにブリリアント・カットされている。最大の建物が目的地だった。ヴォソはフェリーをドッキングさせ、機内にのこった。アラスカがエアロックをくぐったとたん、建物は沈下して、生体力学的な塊りのなかにどこまでも深くもぐりこんだ。

ロボット音声が、コンビネーションを脱ぐよう指示した。アラスカはこういって拒否した。

「だったら帰らせてもらう」

同時に内側ハッチが開き、警報が鳴りひびいた。不恰好な戦闘服姿のヒューマノイド二名がアラスカを出迎える。ひとりが無言で先に立ち、もうひとりはアラスカを小突いて歩きださせ、自分はうしろにまわって後衛をつとめた。まっすぐな通廊を進むと、突き当たりにドアがあった。アラスカだけがそれをくぐる。その先の部屋はエクリットの標準的なホテルの客室だった。

「質素な宿所にようこそ」

ひかえめな声がいった。流暢なソタルク語だ。声は背もたれの高い成型シートのほうから聞こえてきた。シートは大きな展望窓のほうを向いていて、外には生体力学的風景がひろがっている。建物の沈下はとまり、いまは壁面で蛍光をはなつ植物が脈打つ、洞窟のなかにおさまっていた。

「すばらしい眺めだ！」

声がいい、シートが百八十度回転した。声の主の顔が見えるようになる。ヴォソがいっていたとおりの〝ちび〟だ。眉のあたりの骨が張りだしていることからも、明らかにガヴロン人だとわかる。ただ、アラスカがこれまでに出会ったガヴロン人にくらべると、身長が三分の一ほど低かった。ウパニシャドの修了者であることをしめす、シャント戦闘服を身につけている。両腕は成型シートの肘かけにあるが、左腕は肘から先が見えない。そこになにをかくしているのだろう？

「くつろいでくれ、アラスカ・シェーデレーア」侏儒のガヴロン人はあらゆる生命体の体形に合わせて形状を変化させる成型シートをしめした。「シェーディと呼んでもかまわないかな？」

「そう呼んでいいのは友だけだ」と、アラスカ。「きみのことはなんと呼べばいい？」

「パニシュでいい……おたがいをもっとよく知るまでは」ガヴロン人が答える。「自分のことを話してみろ。それを聞いて、きみを雇うか、外の蛍光植物のなかにほうりだすかを決める。あの寄生体が酸素呼吸生物にどんな影響をあたえるか、知らないわけではないだろう」

「見せられたことはある。気分のいい光景ではなかった。あんなものを楽しむ知性体には嫌悪をおぼえる。話すことはなにもない。きみが状況を説明するか、わたしがこのまま出ていくかだ」

侏儒のガヴロン人はにやりとした。

「この場できみを消滅させることもできる。だが、きみにとって幸運なことに、わたしはきみのようなタイプの者を必要としている。不安も恐怖も感じず、自分の利益のために手段を選ばない兵士を。報酬は富と権力だ！」

「なんのためにこんなことを？」

侏儒のガヴロン人はからだ半分をシートから乗りだした。見えない左手もそのからだを支えている。ヒュプノにかけようとするかのようにじっと見つめてくるが、アラスカはその視線を正面から受けとめた。侏儒はそれが気にいらなかったらしく、憤然とシートから跳びおりると、部屋のなかを足早に歩きまわった。

「きみを殺すこともできるのだ！」侏儒が怒声をあげる。「捕まえて無理にしたがわせることも、千の地獄をめぐって狩りたて、素直にさせることも……だが、なぜか、きみのことは気にいった。わたしの事業には、偉大な冒険に自由意志で命をかける、自由な兵士が必要だ。暗黒空間に行ったことはあるか？」パニシュはいきなり話題を変えてたずねた。

「ああ」アラスカが簡潔に答える。「そこでなにをしろと？」

「暗黒空間が目的地だとはいっていない」侏儒は不機嫌そうに指摘した。「ただ、目的地はエスタルトゥの領土といっていい。超越知性体に挑戦するに等しい、宇宙的大ばくちのための兵士が必要だ。きみにその自信があるか？」

「エスタルトゥはもうここにはいないと聞いたが」

「細かいことはどうでもいい」侏儒は怒りの声をあげたが、アラスカにはそれが演技のように感じられた。パニシュなら、自分を制御するのはかんたんだろう。「わかった、打ち明けよう。目的地は暗黒空間だ。そこにいわば〝力の道具〟とでもいうべきものがある。それをなんとしても手に入れたい。自分の権力を確固たるものにするのに必要だから。これ以上はまだ話せないが、時期がくれば詳細を明かせるはず」

「わたしはなにも約束しない」アラスカはそういうと同時に、侏儒のガヴロン人とは関わらないことにしようと心を決めた。

「わたしがどれほどのチャンスを提供しているか、理解できていないからだ」と、パニシュ。「わたしは数年以内に、この力の集合体でもっとも強大な権力ファクターをつくりあげる。きみには理解できないようだが、それはきみにとって、永遠の戦士が最高権威になっているからだ。だが、いっておくが、わたしと仲間たちが打ち立てようとしているものは、いずれ戦士の地位以上のものになるだろう」

「わたしは叛逆者ではない。叛乱に加担するつもりは……」アラスカがいいかける。

「わたしも叛逆者ではない！」侏儒が興奮ぎみに口をはさんだ。こんどの怒りはほんもののようだ。「法典には絶対の忠誠を誓っている。だが、戦士崇拝とエスタルトゥに対する忠誠心はない。矛盾して聞こえるだろうが、どう説明したものか？　わたしの組織は独自の道を進む権限を有していて……いや、言葉など無意味だ！　見ろ！」

侏儒は見えない左手をあげた。思考命令でデフレクターを切ったらしく、アラスカの目の前で左手が姿をあらわした。金属製の手袋のようなものを装着し、筒の部分が前腕を肘関節までおおっている。手の装甲はほとんど厚さを感じさせず、金属におおわれた指も、素手の右手にくらべてわずかに太く見えるだけだ。可動性も高く、こぶしを握ることも、指を一本だけ伸ばすこともできる。さまざまな技術が詰めこまれているにちがいない。

「これがなんだか知っているか？」侏儒がひとさし指を伸ばしてたずねる。

「パーミット以外のなんだというんだ？」アラスカは感動したようすもなく答えた。

「ただのパーミットではない。全権委任パーミットだ！」パニシュが自慢げにいう。「これがあれば暗黒空間のすべてのゲートが開かれる。まさにエスタルトゥの心臓部への鍵なのだ。この貴重な宝のなかに、無尽蔵の力が眠っているのがわかるだろう。このパーミットがあればわたしは無敵であり……わたしに味方する者たちもすべて無敵となる」

「それはおめでとう」アラスカが皮肉をこめていう。かれは前にもまして、このガヴロン人と関わりたくなくなっていた。侏儒がどんな禁止ゾーンに侵入しようと、どんな秘密を暴こうと、どうでもいい。この自慢屋のパニシュとは、関わり合いになりたくない。

「図に乗らないほうがいいぞ、友よ」ガヴロン人の声が危険な響きを帯びた。「わたしはパーミット保持者になる以前から、敵を恐れたことがない。撃墜リストは長大だ。見てみたいか？　ほら、ここにある。これがわたしの殺害リストだ！」

パニシュがほとんどわからない程度に手を動かし、パーミットがそれに応じて空中にホログラムを出現させても、アラスカは眉ひとつ動かさなかった。目の前に異知性体の姿があらわれる。最初の映像は二秒ほどで次に切り替わり、細かいところまで見定めることはできなかった。映像が次々と、アラスカの眼前に表示される。パイリア人、ソム人、ムリロン人、シャバレ人、クカートン人、プテルス、オファラー、エルファード人までいる。合間には未知種族の姿もいくつかあった。

次々と映像が切り替わり、目眩がしそうなくらいだ。突然、かれははっとなった。幻覚かとも思ったが、同時に驚きを気どられないようにする。最初の衝撃から立ちなおる間もなく、次の驚きが襲ってきた。あばたのある顔があらわれ、消える……片方の口角をわずかにあげてつねに笑みを浮かべているような印象の、真剣な口もと……

映像の流れが終わり、侏儒のガヴロン人は金属におおわれた指を鳴らした。

「感銘を受けたかね？」と、自己満足ぎみにいう。「ま、いまのは狩人だった時代の相手だが。パーミット保持者になったあと、記録に追加したのだ」

「全員を倒したのか？」一見、アラスカに動揺したようすはなかったが、内心では緊張しきっていた。パニシュを殺していてもおかしくないほどに。「すべて殺して、ひとりも生きのこっていないのか？」

「全員に勝たせてもらった」侏儒が慇懃無礼にいう。「一名か二名、まだとどめの一撃を待っている者はいるかもしれないが……」

アラスカは緊張を解いた。内心もおちつきをとりもどす。

「わたしにそのリストを見る栄誉をあたえて、どうしようというのだ？　きみが考えている次の大ばくちに関係があるのか？」

「きみに対する自己紹介だよ、シェーディ」パニシュが答えた。「他意はない。きみをわが部下にしたいのだ。エクリットで聞いた話の半分でも優秀なら、わたしの下でおおいに力を振るえるだろう。パーミットを手にする日も遠くないはず」

「わたしには殺害リストなどないが……」

「心を決めるのだ！」パニシュの表情が硬くなった。「イエスか、ノーか？」

「わかった、部下になろう」アラスカがいった。「ただ、その前にかたづけておかなくてはならないことがある」

侏儒のガヴロン人はにんまりした。

「わたしもだ。二週間後にはもどるから、そのあと暗黒空間に向かおう。仕事をかたづけるなら、エクリットをはなれず、ここですませてもらいたい」

「エクリットをはなれる必要はない」

アラスカは別れも告げずにその場をあとにした。通廊ではまたしてもあの、不恰好な戦闘服姿のヒューマノイド二名が待っていた。エスタルトゥの種族ではない。ガヴロン人でもムリロン人でもなかった。一・六メートルほどの身長に対して頭部が大きすぎ、赤褐色の縮れた髪も、アラスカには見おぼえのないものだった。

「きみたちは前からここで働いているのか？　それとも、やはりあらたに採用されたのか？」たずねてみたが、返事はない。アラスカは肩をすくめた。「いずれにせよ、これからは同僚だ。よろしくな！」

エアロックの前に着くまで、二名の無表情が変わることはなかった。

アラスカはヴォソ・ミイにホテルまで送ってもらった。オファラーは〝ジェーディ〟を仲介できた幸運が信じられないようだ。歓喜の歌を歌おうとさえしたが、アラスカに聴覚の敏感さを指摘されて思いとどまった。そのあとはどちらも無言のまま、生体力学的風景のなかを進んでいく。アラスカはパニシュの殺害リストにあったふたりの姿を思い浮かべつづけた。あれははじめて見つけたほんもののシュプールなのだろうか？

＊

アラスカはホテルの部屋を押さえたまま、フロントには〝数日間、軌道上に行く〟と伝言をのこし、搭載艇で《タルサモン》に向かった。じゃまする者はいない。《タルサモン》に乗りこんで、その理由がわかった。

船載シントロニクスにバルメグからのメッセージが記録されていたのだ。〝気にいったものはとっておく〟という内容だった。

《タルサモン》は牽引ビームで〝拘束〟されていた。だが、アラスカにとってはなんの問題もない。念のため、優先路に接する座標に船をとめていたから。個体ジャンプでいつでも船から抜けだすことができる。実際、そうするつもりだった。だが、その前に自動応答装置を使い、メッセージを録音した。エクリットの軌道上から数日間の遊覧ツアーに出かけるので、連絡があればそのあとにするように、と。

こうして準備を終えると、船尾にあって船内容積の四分の一を占める荷物室に向かう。通常なら、そのハッチの奥には全長十五メートルのドリフェル・カプセルが格納されているのだが、危険宙域に飛行するさいは、カプセルは作戦本部に、つまりドリフェル・ステーションに置いてくる。エクリットもそんな〝危険宙域〟のひとつであり、そのため荷物室はからっぽだ。

だが、プシオン刻印を受けたネットウォーカーの目には、半球形の光輝現象がうつる。従来の探知機ではわからない、ネットウォーカー以外には見えない光だ。それはかれらだけが移動に使える優先路の入口だった。

アラスカはネット・コンビネーションのピコ・コンピュータに格納した〝マップ〟に目を落とした。そこにはすべての優先路とノードのほか、一般には〝ゴリム基地〟と呼ばれる拠点が網羅されている。

目的地にいたるには同じコース上の一拠点を経由するが、べつのコース上の拠点を選んでも時間的には同じだった。半球形の光輝現象のなかに入り、目的地の情報ノードを思い描くだけでいい。優先路は、絶対移動でかれをその場所に運んでくれる。

アラスカはプシオン・ネットを通過するのを意識で感じ、分岐点でのコース変更も観察しているので、主観的には移動に時間がかかっていると思える。だが、通常宇宙の時計では時間は経過しておらず、到着は一瞬だった。

目的地に着くと、アラスカは以下の報告を情報ノードに記録した。

〝ロワ・ダントンとロナルド・テケナーのシュプールを発見したと思う。追跡を開始する。またのちほど！〟

署名して、短いメッセージが確実に記録されていることを確認する。そのさい、もっとなにかつけくわえるべきか、それとも、くわしいことは伏せておくべきかと思い悩んだ。ペリー・ローダンやエイレーネがこれを読めば希望をいだくだろうが、ダントンたちが生きている可能性はかなりちいさい。侏儒のガヴロン人に殺されてしまった可能性のほうがはるかに大きかった。

どこで？　いつ？　どうやって？

アラスカはかぶりを振った。信じたくない。とにかくシュプールを追いかけるしかなかった。かれはメッセージをそのまま、すべての情報ノードに送信した。

これでもう撤回はできない。

これからどうする？　ガヴロン人のパニシュからは数日の猶予を得ている。とくに重要な任務もなかったので、その時間は自分のために使うことにした。

ふたたびプシオン・ネットの優先路にもどり、目的地としてエクリットを思い浮かべる。

キトマのことが頭に浮かんだ。かつて知性をひろめるため、数百万年周期で宇宙をめぐる大群を創りだした三十六種族……そこから生みだされて精神化した、彼女の種族のことが。

それから、未知のどこかにある人跡未踏の惑星のことを考える……かつてキトマに連れていかれた、タルサモン湖と三つの平面を持つ〝都市〟がある世界のことを。

さらには、共生体のテスタレのことも考えた。かれがいないと、自分の存在が完全なものに感じられない。

そう考えて、自分のなかの空虚さを意識する。ここしばらくふつうの人間の生活を送り、その役割にはまりこむことができた。それはどうしても必要なことだったが、そんな生活はいつしかアラスカを消耗させていた。かれは思い出の場所にもどる必要に迫られていたのだ。あらたな力を、あらたな自信を、肉体的存在への憧れを、ふたたびとりもどすために。

4

テスタレはタルサモン湖底にある自分の〝保養所〟に横たわり、精神的に覚醒したまま夢をみていた。その場所で、こうして休息状態にあるから、パートナーとはなれて孤独でいることにもなんとか耐えていられる。それでも休息が長引くにつれ、その状態も耐えがたくなっていった。宇宙の奥深くにいる自分の共生体も同じだとわかっている。

キトマがかれらを精神体となった種族のもとに連れていき、共生生活を決定して以来、かれらはつねにいっしょにいて、プシオン的に分離できないレベルで融合していた。

最初は存在しなかった一体感も、成熟の過程で徐々に形成されていく。

ほぼ六百年前にはじまっていたこの過程は、この二十年で大きく加速した。

「湖底にはなにがあるんだ？」アラスカ・シェーデレーアがそういう意味の質問をしたことがある。その言葉はまるで口にされたかのように、テスタレの耳にははっきりと聞きとれた。実際には、アラスカが質問を発したのは三四四四年のことだ。テスタレは当時、プラスティック・マスクをつけたアラスカの顔のなかに、名もない断片として存在していた。口もきけない無力な傍観者で、眠りながらもせめて肉体の主人と対等の立場を勝ちとろうと、熱心に奮闘していた。だから、キトマの返事は、まるで自分に向けられたもののように感じた。

「昔、種族がひどく疲れたときに、ここにきたのよ。湖に降りて、水浴びをしたの。その時代に保養所がつくられた。どの保養所にも、それを使った者たちの個人パターンがまだのこっているわ」

かれの保養所には、かつての使用者たちのプシ・パターンはもうなかった。キトマがアラスカとテスタレの両名を連れてきたあと、消えてしまったから。それが十八年前のことだ。いま、そこにはふたつの意識が刻印されていた。融合しながらも、個々の個性はたもっている。ふたつの別々の精神は、プシオン的に同期して振動していた。

以前だったらふたりのどちらも、そんなことが可能だとは思わなかったろう。NGZ四二七年……旧暦四〇一四年……の五月、キトマがアラスカを彼女の精神種族のもとに連れていったとき、テスタレもパートナーとともに種族に統合されるのだろうと思った。すくなくとも、完全な精神化への道を進みはじめたのかもしれないと、ふたりとも危惧していたのだ。

かれらはそれまでに和解していた。アラスカはもうカピン断片と争わず、カピン断片もアラスカの肉体の覇権を奪おうとはしなかった。キトマを追ってプシオン・ネットでクエリオンたちのもとに向かいながら、ふたりは対話を開始したもの。

「自由になったらなにをする？」と、アラスカがたずねた。

〈自由か……もうカピンにはもどれない。きみがいなくてどうなるのか、見当もつかないよ。きみはなにをする？〉

「われわれ、たぶん一体化できると思う」

〈どうやって、なんの目的で？〉

「わからない。だが、きみなしではわたしは無になってしまう。きみが必要なんだ！」

この言葉がきっかけになり、アラスカはその後の行動を決めたのだった。目的地である不可解な領域、精神存在となった三十六種族の集合体がクエリオンとして生きている場所に到達する前に、テスタレはアラスカにこういったもの。

〈さ、決断の時だ。きみがほんとうにそうしてほしいなら、わたしはそばにいる〉

「そうしてほしい！」

テスタレもそうしたいと思っていて、アラスカがそんなパートナー関係に同意することを望んでいた。かれはこうたずねた。

〈では、住み慣れた場所に移動してかまわないかな？〉

こうしてテスタレはまだカピン断片のまま、以前と同じようにアラスカの顔のなかにもどった。クエリオンの活動領域に入っても、その状態は変わらなかった。アラスカが肉体を喪失したあとも、かれの顔のなかに存在しているという幽霊じみた感覚は、なお持続していた。

かれらは精神知性体であるクエリオンのなかで、独特の二重存在となった。アラスカはまるで鏡を見るように、風変わりな色彩にきらめく、不思議な形状をした自身の姿を眺めた。テスタレはその顔のなかで気分よく伸びをし、色彩の洪水のなかで高揚感を爆発させながら、アラスカの満足を感じていた。

〈幸福か？〉テスタレがたずねる。

〈ああ〉

〈永遠にこのままでいられると思うか？〉

〈われわれ、もといた場所にいつかもどるだろう。すぐにではないが、いつの日か……それが許されたときに〉

もといた場所にもどる……それは肉体を喪失した者にふさわしい精神的態度でも、精神知性体としてクエリオンにいたる成熟した存在の表現でもない。もといた場所にもどる……それは肉体的存在に対する、かぎりない憧れの表現だった。

この思いが幻影の肉体というプロジェクションをつくりだした。身長二メートルの大柄なヒューマノイドの肉体、美しく輝く抽象画のような顔。それはふたつの精神の片方、この特異なコラージュに足跡をのこしたほうが望んだ姿だった。

一方、アラスカがイメージしたのは長い黒髪の姿だった。少女だが、ほとんど性別を感じさせない。実体のない華奢（きゃしゃ）なからだを白いゆったりした衣服がつつんでいる。かれはそのプロジェクションを、物質の彼方の不思議な世界に投影した。

キトマが姿をあらわした。

「キトマ！」アラスカは理想の姿の名前を独特の抑揚で発音した。その瞬間、テスタレは自分が異物であるかのように感じた。羨望と、わずかな嫉妬をおぼえる。アラスカの道連れ、キトマに対する羨望と嫉妬だ。共生体パートナーという立場を奪われるのではないかという恐怖を感じ、同時にそのことを恥ずかしく思う。

キトマは数世紀にわたるアラスカの道連れで……テスタレのほうは同じ期間、カピン断片として、かれの敵だった。和解したからといって、その事実は変わらない。アラスカとキトマの友情は過去にゆっくりと育（はぐく）まれた。これに対してテスタレとの友情は、最近になってライヴァル関係が改善されたものにすぎない。

「あなたたちは幸せ？」キトマの姿はアラスカの目を通して、テスタレにも黒髪の、白い衣服をまとった少女に見えている。

「これまでになく幸せだ」アラスカが答えた。「きみを追って種族のところまできたのを、後悔することはないだろう」

「それはほんとうにふたりの総意なの、アラスカ？」

「そのとおりだ」テスタレが答えた。「ずっと肉体を持たなかったわたしにとって、追求に値いするのは精神の完成だけだから」

「精神の完成について、あなたたちは初日からまったく進歩していないわ」キトマがいった。「精神化の最後の一歩を踏みだすことができないんじゃないかと危惧してる」

「きみたちのそばで生きるのにふさわしくないということか?」と、アラスカ。

「わたしたちと〝ともに〟生きるのよ、アラスカ」キトマがそっと訂正する。「あなたたちはわたしの種族のなかに吸収されなくてはならない。それだけが成熟の証明だから。でも、現実は正反対で、あなたは肉体に固執(こしゅう)し、物質的な基準点にしがみついているでしょう?」

「きみはどうなんだ?」アラスカは反問した。「どうしていま、きみの本来の姿が見えている?」

キトマは目を伏せ、なにも答えない。

「つまりきみは……」アラスカは恐ろしいことを思いつき、口を閉じた。テスタレがかれの考えたことを言葉にする。

「キトマ、つまりきみは、われわれのせいで種族に吸収されなかったというのか!」

「そんなつもりはなかった」アラスカは罪悪感をおぼえた。胸が痛む。「いってくれ、キトマ、われわれになにができる?」

キトマは首を横に振った。黒髪が顔に当たる。テスタレにとって明らかなことが、いまやアラスカにもわかっていた。キトマはアラスカが投影した姿を受け入れたことで、そこから逃れられなくなったのだ。すくなくとも、テラナーとカピン断片が立ちふさがっているかぎり。

「わたししだいね」とうとう、キトマがいった。「わたしがあなたたちのためになにかしないと。ふたりに実行可能なやり方は見つけたと思う。以前の状態にもどる必要はもうないわ。アラスカ、あなたはマスクをつけなくていいし、テスタレ、あなたもマスクの下で屈辱的な生き方をしなくていい。それでいいかしら？」

もといた場所にもどる……その願いはふたりの意識に焼きついている。かれらが答えるまでもなく、キトマはその内心の望みと憧れを感じとっていた。

＊

キトマはふたりとともに道をもどった。今回はテスタレのペドトランスファーにたよる必要はない。ふたりは長らくクエリオンのもとにいたので絶対移動をマスターしており、キトマのあとについて、しめされた道をなんなく進むことができた。瞥見(べっけん)しただけの奇蹟の世界が背後に遠ざかっていく。

「ひとつ高次の存在平面に達するのに失敗しても、恥じることはないわ」キトマがいった。「四次元連続体で生きてきた者は、たんに高次元領域を知らないだけだから。逆も同じで、それはコスモクラートを、タウレクやヴィシュナを見ればわかるはず。かれらは堕ちたコスモクラートといっていいわ。通常宇宙で存在を維持するため、この下位存在平面に適応しなくてはならない。それで〝変身症候群〟にかかってしまい……能力をきわめて限定的にしか使えなくなった。クエリオンも同じよ。三十六種族がひとつの精神存在に融合して、超越知性体に近いものになると、それまで理解できなかった宇宙の謎の多くが解明できたけど、ふつうの生命体の日常生活に関する理解は失われてしまった。あなたたちがクエリオンを理解できないように、向こうもあなたたちが理解できないの」

「で、きみはその中間にいるわけだ」と、アラスカ。

「中間にいるわけね」キトマがくりかえした。「でも、一歩踏みだしたい」

「決定的な一歩を？」

「そうとはかぎらない」キトマの返事に、テスタレはアラスカの緊張が解けるのを感じた。テラナーはキトマが永遠に失われるわけではないという希望をとりもどしたのだ。キトマが先をつづける。「いつでも一歩後退できるという実例もあるわ。多くの労力と克己力がいるし、それにともなう犠牲も大きいけれど、不可能じゃない。十三名のクエリオンが実行して、だれもその決断を後悔していない。目的地に着いたら、もっとくわしく話すわ」

「どこに行こうとしてるんだ？」アラスカがたずねた。

「前に行ったことがある場所」と、キトマ。「いい思い出じゃないかもしれないけど、いまは違う視点から見られるでしょうし、これからはたぶんいい避難所になると思う」

この会話があったのは、クエリオンの世界をスタートしたばかりのころだった。やがてテスタレは、謎めいた領域からはなれればはなれるほど、自分たちが変化していくことに気づいた。アラスカの幻影の肉体は、プシオン・ネットを旅するあいだ異質な一貫性を維持しながらも、実体感を増してきている。アラスカはいまもなお肉体を持たず、通常宇宙の法則に照らせば物質ではないが、それでも肉体に縛られていた。

とはいえ、なにかが違う。テスタレはアラスカの顔にはりついてはいなかった。どんなに想像力を働かせても、さまざまな色彩をはなって脈動する断片は見えてこない。

「わたしはどうなる？」テスタレはいきなりパニックにおちいった。アラスカとともにクエリオンの世界にいたり、かれと精神的共生関係を結ぶまでは、次元のはざまのどこかで自分を見失うのを恐れていた。この瞬間、ふたたびその不安にとらわれたのだ。

「なにも起きないわ」キトマがかれを安心させた。「もうアラスカの肉体に縛りつけられていないというだけ。共生は純粋に精神的なものよ。一体になったと感じない？　一体だけど、それぞれの個性はそのままだって？」

「ああ、そのとおりだ」と、テスタレ。「だが……これからどうなる?」

キトマは答えるかわりにこういった。

「着いたわ。タルサモン湖底にある保養所のひとつに。かつてわたしの種族の者たちがやってきて休息した場所は、あなたたちにとっても休息場所になるはず。ここでは肉体的存在のつらさを癒し、肉体をはなれる苦しさから回復することができる」

「テスタレには肉体がないのだが」アラスカが指摘した。

「そうしたいと思えば、肉体は持てるわ。自由意志による逆進化を受け入れたコスモクラートや超越知性体、クエリオンみたいに」キトマが微笑しながらいう。「プロジェクション体を利用すればいい」

「かんたんそうにいうんだな」

「かんたんだもの」

テスタレにとって保養所は、まるで胎児をつつみこむ子宮のように感じられた。アラスカはその比較をもっともだと思った。かれらにとって、新しい生き方から本来の生き方にもどるようなものだったから。キトマの説明によると、周囲の環境がゆがんで見えるのは、保養所がプシオン・ネット・ラインの領域にあるせいらしい。

「どうすればこの牢獄から出られるんだ?」アラスカがたずねた。

「きたときと同じよ……でも、ここは牢獄じゃない。足を使って歩くみたいに、精神を使ってプシオン・ネットを歩くやり方を学んで、マスターするの。プシオン・ネットはどこにでもあって、そこにはモラルコードを形成するプシオン・フィールドの二重らせんが埋めこまれてる」

「すばらしい！」テスタレが叫んだ。沈みがちなアラスカを元気づける意図もあったようだ。「つまり、精神の力で宇宙のはしからはしまで行けるということか？」

「そこまでじゃないわ」と、キトマ。「この方法で移動できるのは五千万光年の範囲だけ。その宙域では数千年前にプシ定数が変化して、下位平面の存在もプシオン・ラインに沿って移動できるようになったの。ただ、それには特定の条件を満たしている必要がある。あなたたちは条件を満たしているから、理想的なネットウォーカーになれるわ」

「その言葉の意味を教えてもらいたいな」テスタレがいった。

「わたしも最近まで知らなかったけど、モラルコードが正常に機能するよう監視する、コスモクラートの指示を受けない同志たちの組織だそうよ。精神共同体から抜けて自由意志で逆進化を選んだクエリオン十三名のことを知ったとき、はっきりわかったの。ネットウォーカーならあなたたちの肉体の問題を解決できるんじゃないかって……」

「保養所から出ることは可能なのか？」アラスカが彼女の言葉をさえぎる。テスタレは、共生パートナーの不安をはっきりと感じとった。かれはそれを、アラスカが長く肉体をはなれているせいだろうと思った。もとにもどれる見通しが立ったことで、肉体のない状態が急に耐えられなくなったのだろう。

「気持ちはわかるわ」と、キトマ。「三重存在平面の都市にあなたたちを連れていく。そこでなら、肉体を形成できるはず」

＊

テスタレにとっては見知った場所にもどった気分だった。アラスカとともにきたことがあったから。ただ、そのときは眠れる危険なカピン断片の状態だったため、そこに関する知識はアラスカの記憶と、その記憶を呼びさます感情にもとづくものだけだ。

アラスカはそこでひどい目にあったが、同じことをくりかえすはめにはならなかった。今回は都市の魂がかれを拒まなかったから。かれは都市を異質とは感じなかった。キトマの慎重な指導で肉体を得たあとも、都市がアラスカの記憶にあるような悪夢に変じることはなかった。

一方、テスタレにとっては、悪夢が現実になったようだった。アラスカの肉体が実体化すればするほど、共生体との精神的コンタクトは弱くなり、失われていったから。やがて、かれは完全にひとりになってしまった。

テスタレはいきなり基準点を喪失した。どこにも支えのない、自由でとらわれない精神になっている。その瞬間、かれは終わりの訪れを確信した。

だれを恨むこともなく、かれに終わりをもたらすことになったキトマを責めることもしない。ただパートナー関係が終わるのを悲しく感じただけだ。

だが突然、また状況が変わった。周囲の無のなかに輪郭があらわれ、かたちをとり、肉体になる。音と思考が伝わってきた。遠くから響いてくるようなキトマの思考の声。彼女はアラスカに話しかけ、物質プロジェクションのあつかい方について指示を出した。蒸発していく精神を捕まえ、プシ・パターンとプシオン情報量子からマトリックスをつくりだし……適切な肉体プロジェクションの雛型(ひながた)を完成させる方法について。

「テスタレ！」等身大のアラスカが近づいてきて、かれを抱きしめた。テスタレはその腕の圧力を感じた。反射的に抱きしめかえし、自分の腕に友のからだを感じていることに、信じられないという思いをいだいた。

アラスカが抱擁を解き、テスタレの肩に両手を置いた。愁いを帯びた細面(ほそおもて)が楽しげな笑顔になっている。アラスカのそんな顔は見たことがなかったし、その後も二度と見ることはなかった。

「きみなんだな」と、アラスカ。「自分自身のからだを持った感想は？」

テスタレは自分の顔とからだをなでまわした。手に感じる弾力と、さまざまな部分の感触を楽しむ。

「幻影の肉体とはすこし異なるようだ」テスタレがいい、自分の声の響きに耳をかたむけた。とくに不満そうではない。「とはいえ、ある意味これも幻影の肉体にすぎないな」キトマを探して周囲を見わたす。かれの左にいた少女のからだは半透明だった。

「このからだはどれくらいもつんだ？」

「時間に制限はないわ」と、キトマ。「ただし、物質プロジェクターの有効範囲でしか維持できない。この都市のなかだけね」

テスタレには、自分とアラスカがどれくらいのあいだおたがいを見つめ合い、はじめて相手の姿を眺めるこの奇蹟の時間を楽しんだのか、もうわからなくなっていた。驚きのあとには当惑が襲ってきた。実現するはずがないと思いながら素朴に想像していた未来が現実になる可能性を前に、自分たちがどれほど高揚しているか、突然に気づいたのだ。すくなくともテスタレはそう感じていたし、アラスカも自分以外のだれかがいることに気づいている……

「もっと説明が必要ね」キトマがいった。そのからだを透かして、背後にある入り組んだ都市の構造が見えている。彼女の周囲のすべてがスナップ写真のようだった。時間がとまっているように見える。都市の魂が足をとめ、世界が息を詰めているかのように。

キトマが先をつづけた。

「通常宇宙の進化に介入するため、自由意志で種族の精神共同体をはなれて逆進化した、クエリオン十三名の話をするわ。わたしの種族クエリオンは、三十六種族が統合することで生まれ、通常宇宙の進化を全体的に見わたせる存在平面に居住してる。クエリオンはこの宇宙に住む生命体に目を向けず、かれらの不安や望みや、さらなる発展のための努力を理解できない。いまの存在になる前、自分たちだって進化のためにおおいに貢献したというのに、進化をまるで気にしていないの。クエリオンが通常宇宙の進化で追いかけているのは、恒星の誕生と死、銀河の生成、物質の泉の形成といったことだけ。かれらにとり、超新星は恒星の墓碑銘として価値があるけど、種族の絶滅はどうでもいいのよ。かれらはそれに気づきもしない。

あなたたちの暦で五万年くらい前、クエリオンは宇宙のこの部分に異常が生じたことに気づいた。この宙域の直径五千万光年の範囲でプシ定数が変化していて、その原因がコスモヌクレオチド〝ドリフェル〟にあることがわかったわ。でも、コスモヌクレオチドがそんな反応を起こした理由を調べたり、原状回復を試みたりしようとはしないで、ただ現象をそのままにして、手をこまねいてた。例外はそのときにできた、同じ考えを持つ十三名の小グループだけ。かれらは当時の〝トリイクル9〟のようにドリフェルが崩壊し、宇宙のモラルコードに深刻な危険をもたらす前に、なにか手を打たなくちゃならないと考えたの。でも、かれらの存在平面からじゃ、通常宇宙の進化には介入できないこともわかってた。介入するには通常宇宙に適合しなくちゃならない。それは逆進化して、精神共同体から抜けるということ。むずかしい決断だったけど、最終的にかれらはそうすることにした。逆の道をたどり、宇宙論だけでなく進化もあつかえるところまで精神的に後退したの。それによって、かれらがずっと忘れていた秘密が明らかになった。ドリフェルの反応の原因が判明し、このコスモヌクレオチド領域のプシ定数が大きくなった理由もわかったわ。この宇宙に適合したことで、行動も起こせるようになった。

いちばん重要な発見は、プシ定数が変化したことで、下位存在平面の知性体、つまり通常宇宙の住民が、プシオン・ネットを移動に使えるようになったこと。それが本来の意図だったのか、偶然そんな効果が生じたのかはわからないけど。いずれにしても、プシ定数を変化させたのは十三名のクエリオンじゃない。ドリフェルが操作され、それに対する反作用として生じた影響だった。かれらは新しい環境を利用しただけよ。

クエリオン十三名は五百名たらずの構成員からなる組織をつくった。参加者は通常宇宙の住民のなかから、一定の条件に合う者が選ばれた。特別な資格や業績は必要ないし、試験もない。ふさわしいとされた者には同意の刻印があたえられた。プシオン性の刻印で、それがあるとプシオン・ネットを移動できるようになるの。以後、この組織のメンバーは〝ネットウォーカー〟と呼ばれるようになった。クエリオンは技術的な支援をして、ネットがまじわるノードに基地をつくったり、宇宙船を提供したりした。高度技術装置、とりわけノウハウについては、精神集合体やネットウォーカーになった者の種族の知識が活用された。

この組織を創設したクエリオン十三名について、もうすこし話しておくわ。この数と構成は偶然じゃない。十三名は以前からの友で、アラスカとテスタレ、あなたたちのパートナー関係のような力で結ばれていたの。トルニブレド、レイモネン、ウィボルト、そのほか全員が……かつてこの都市に住んでいた。アラスカ、数世紀前にあなたをここに連れてきたとき、わたしはまだそのことを知らなかった。偶然と呼んでも、幸運なめぐり合わせと呼んでもいいけど、当時からもう、その十三名は運命のままに、わたしをここに呼びよせていたのよ……」

キトマはそこでひと息入れた。からだは半透明のままだ。

「いずれにせよ、答えはかれらに聞けばいいわ。かならずコンタクトしてくるから。わたしはもう行かないと。じゃあね、テスタレ、アラスカ。ふたりがともに歩く道に幸運がありますように……できればネットウォーカーとして」

キトマの姿が消え失せた。

アラスカは彼女の名前を呼んだが、返事はなかった。

かれは自分を過去にさかのぼらせた夢からさめ、目に見えない敷居をこえて現実にもどる。

もといた場所にもどったのだ。

「カゲロウの攻撃のショックから立ちなおったか?」と、テスタレにたずねる。

「とっくに」テスタレが答え、プシオン情報量子の揺らめく群れに精神をゆだねた。その情報量子は、アラスカのからだがタルサモン湖底の保養所のなかで変じたものだ。

「なにがわかったんだ、アラスカ？」

アラスカは精神を開き、テスタレに情報の洪水を受領させた。アブサンタ゠ゴム銀河のカゲロウの奇妙な活動についても、戦士グランジカルの意図についても、わかったことはなにもない。そのかわり、アラスカはロワ・ダントンとロナルド・テケナーのシュプールを見つけだしていた。

「すぐにスタートするか？」

「いや、まだだ」アラスカは相手をおちつかせた。「考える時間はあるから、まだしばらくいっしょにいられる。わたしとしては、きみもいっしょに《タルサモン》に乗ってもらいたい。あとどれくらい暗黒空間にいなくてはならないか、わからないから」

時間はある。侏儒のガヴロン人のところに行くのは、まだ十日かそこら先のことだ。十日……だが、それは一瞬でもある。保養所に滞在することの問題点は、時間の経過を客観的に計測できないことだった。ここでの時間は、ほかとくらべるとあまりにも相対的だ。テスタレひとりのときは、永遠の時が過ぎたと感じても、通常宇宙では数時間しかたっていない。だが、共生体といっしょだと、数週間が数秒に感じられる。

アラスカは計画を説明した。

「《タルサモン》にパーミット保持者を乗せて暗黒空間に飛んだら、惑星エクリットの軌道上にもどる……どうしてもやらなくてはならないんだ、テスタレ。ペリー・ローダンとかれの娘、それにもちろん、友のロワとテクを探しだす責任がある。船内には物質プロジェクターがあるから、きみも姿を維持できる。エクリットではつねになにか起きるから、退屈することはないだろう。軌道人アヤンネー族のボス、バルメグが、この船を接収しようとするかもしれないし」

「わかった」

「べつの作戦領域で急に《タルサモン》が必要とされることもある。重要な連絡は記録して、わたしに転送してもらいたい。事態がどう転がるか、いまはまだ予想がつかないから」

「わかったといったはずだ」テスタレが不機嫌そうにいいかえす。「この件はいったんここまでにしよう。これからどうする？」

「都市に行きたい」

「またか、アラスカ。きみの探し物は知っているが、見つからないだろう。これまでの経験でわかっているはず……」

「行くぞ、テスタレ。これが最後だ！」

「〝これが最後〟が永遠につづくんだな」テスタレは嘆息したが、パートナーを理解しているので、かれの願いをむげに断ることはできなかった。立場が逆なら、アラスカも同じように感じたはず。ただ、テスタレには行動の動機となる〝秘めた憧れ〟が存在しない。その意味で、かれのほうが冷静ではあった。

こうした微妙な違いの存在こそ、かれらがプシオン共生体でありながら個別の人格を有していることを、如実に物語っていた。

5

都市はキトマがその異質な建築を披露した最初の訪問時、アラスカ・シェーデレーアを拒絶し、敵対し、回避し、全力で攻撃してきた。まるでかれが、都市の門の鍵は持っているものの、立ち入る許可を得ていないというように。

ここまではいいが、この先はだめだ！

だが、今回はまったく違っていた。今回とは、キトマがかれとテスタレをクエリオン十三名のところに連れていったときのこと。かれらの肉体プロジェクションは子供から老人まで、さまざまな年齢の人間の姿をしていた。

「われわれが一堂に会するのはきわめてめずらしい」ブロンドの髭（ひげ）を生（は）やした青年が言った。褐色の大きな目、ちいさな鼻、豊かな唇。「だが、今回は特別らしい。アラスカとテスタレだね。キトマから聞いている。わたしはロバドだ」

アラスカは自分の姿のまま、テスタレは肉体プロジェクションとして、クエリオン十三名の前に立った。

「キトマからネットウォーカーという組織にくわわるようにいわれた」と、アラスカ。都市はまるで眠っているかのようだ。かれは都市の魂を感じたが、それはヒューマノイド十三名の姿にとりこまれていくようだった。そう、かれらは都市を体現していた。

かれらがいなくなって、ようやく都市に生気がもどるのだろう。

「わかっている」老人の姿のクエリオンがいった。顔はしわくちゃ、髪は真っ白で、目の周囲には縦横に笑いじわがはしっている。肉体プロジェクションはその背後にいるクエリオンの精神性やキャラクターをあらわしているのだろうかと、アラスカは思った。だとしたら、もっとも年老いて見えるこの老人が、いちばんユーモア感覚にすぐれているのだろう。「きみたちさえよければ、すぐにわれわれの拠点惑星に連れていって、同意の刻印を授けることができる。ところで、わたしの名前はレイモネンだ」

レイモネン……アラスカとテスタレがかれに会ったのは、これが最初で最後だった。ほかの数名も同じだ。クエリオンはネットウォーカーへの対応も慎重で、介入するのはどうしても必要なときだけ。十三名の創設者が全員そろって姿を見せたのがどれほど名誉なことか、アラスカとテスタレが知ったのは、もっとあとのことだった。すべてキトマがお膳立てしたのだ。

ただ、レイモネンはもう生きていない。十三名のサークルからはずれてしまった。いまでもネットウォーカーたちは、くわしい事情を知っていてさえ、なぜかれは死ぬことになったのかと首をひねっていた。それでも、レイモネンが故意に責務を放棄したとは、ひと言もいわない。つまり、かれは永遠の戦士の犠牲になったはじめてのクエリオンだったのだ。

レイモネンがシオム・ソム銀河のウエストサイドに位置するシャッディン・ステーションにいたとき、永遠の戦士がその宙域を凪ゾーンにし、プシオン・ネットが破壊されてしまった。クエリオンは絶対移動で脱出することができなくなり、形態プロジェクションのままステーションに立てこもったが、そこもイジャルコルに破壊されてしまう。その後、ロナルド・テケナーとヴィーロ宙航士たちは精神を病んだレイモネンに出会い、その願いを叶えて、かれを悲惨な存在から解放した。このことと、充分チャンスがあったのに危険な領域から脱出しなかった事実がかんたんな調査で判明したことにより、かれは自殺を試みたのではないかと考えられた。理由は？　その答えも判明した。レイモネンは当然、ほんとうに死んだわけではない。死ぬことで精神が解放され、種族の精神共同体にもどっただけだ。それがかれの唯一の目的だったらしい。下位次元である通常宇宙での五万年は、かれには長すぎるものだったようだ。

ただ、アラスカは、レイモネンとの最初で最後の出会いを思いだしてみても、あのクエリオンにそんな〝希死念慮〟があったようには思えなかった。肉体プロジェクションの目のまわりの笑いじわは、かれのユーモア感覚をあらわしていた。その死もまたユーモアのあるものだったのか？

「ほかになんの手つづきもなしに、あなたたちの組織にわれわれを参加させるというのか？」テスタレがたずねた。「われわれが役にたつと、どうしてわかる？　使命はなにか？」

アラスカは突然、また過去に投げこまれたような気がした。またしても、都市がかれをあざむいたのだ。さまざまな存在平面と時空を混ぜ合わせ、侵入者を混乱させる。

〈引きかえそう、アラスカ！　このレイモネンはわれわれに対する警告だ〉と、テスタレ。

〈アブサンタ＝ゴム銀河のカゲロウにはもっとひどい目にあったが、われわれは生きのびたじゃないか〉アラスカが思考で反論する。

かれはテスタレとともに、ふたたび十三名のクエリオンに向きなおった。

「きみたちはネットウォーカーにもとめられる資質をすべてそなえている」黒髪の中年男性の姿をした、トルニブレドと名乗るクエリオンがいった。「形式的な手続きは必要ない。ネットウォーカーの使命はなにかとたずねたな？」

トルニブレドは永遠の戦士について説明した。エスタルトゥの力の集合体に存在する十二の銀河でかれらが権力を握り、戦争をあらゆるものの父と崇(あが)める恒久的葛藤の哲学によって、託された種族を破滅に導いていること。またプシオン・ネットを操作してコスモヌクレオチド・ドリフェルに影響をあたえ、モラルコードを危険にさらしていることを。

当時のアラスカとテスタレには、関係性を正しく認識する基礎知識がなかった。ただ、フロストルービンとの比較と、ドリフェルが変異する可能性を示唆(しさ)されたことで、危険の程度は想像がついた。

トルニブレドが先をつづける。

「ネットウォーカーの使命をざっと説明しよう。第一、永遠の戦士が損傷したプシオン・ネットの修復。これがいちばんかんたんな仕事だ。第二、これはかなり困難になるが、プシオン・ネットに損傷をあたえそうな永遠の戦士の活動を探りだし、芽のうちに摘みとること。第三、もっとも重要な使命として、恒久的葛藤の哲学と戦い、永遠の戦士の権力を破壊すること。いまのところ、恒久的葛藤の哲学がエスタルトゥの力の集合体の外にひろがるのはほぼ防いでいるが、それでもいくつか失敗はある。最近ではグルエルフィン銀河が狙われた。次はきみたちの故郷銀河かもしれない」

この予言が現実になることを、トルニブレドは知るよしもなかった。ストーカーに〝それ〟の力の集合体への道をしめすことになるツナミ艦は、このときまだ戦士カルマーに拿捕(だほ)されていない。クエリオンは餌(えさ)をまいただけだ。その餌にアラスカとテスタレは食いついた。

「グルエルフィンはどうなった?」と、カピンがたずねた。

「五十年ほど前に危険は排除された」トルニブレドが答える。「きみの種族は法典忠誠隊にとって致命的な能力を持つから。わたし自身がオヴァロンに適切なヒントをあたえ、かれは永遠の戦士の攻撃が目前に迫るなか、準備をととのえることができた……」

「オヴァロン?」テスタレは驚きの声をあげた。「オヴァロンが生きているのか?」

「生きている……きみやわれわれが精神というかたちで生きているように。また、かれには種族に事情を告げ、永遠の戦士に対抗する準備をさせる力がある。グルエルフィン銀河にやってきたソト＝グン・ヌリコとその進行役クラルシュは、きみの種族から熱い歓迎を受けた。ソトは死に、次のソトが送られてグルエルフィン銀河に恒久的葛藤をひろめることはなかった……」

そこで都市がかれらを過去から引き剝がし、べつの存在平面の地獄に押しこんだ。

〈ほうっておけ、アラスカ。帰ろう!〉だが、アラスカは帰るのを拒否した。

個人的な挑戦というものを信じているのだ。かれはそれに応じることにした。

＊

アラスカは秘密を守り、テスタレにもそうするようたのんだ。タルサモン湖と都市のある惑星がどの星系に属するのか、その星系が銀河系に、あるいは銀河系と同じ局部銀河群に属するのかさえ、かれは知らない。

　クエリオンがこの世界をネットウォーカーのマップに記載していないのなら、その座標を秘匿したいのだろう。アラスカはかれらの意を汲んだということ。タルサモン湖に個体ジャンプするとき、その気になれば惑星のポジションはかんたんに知ることができる。だが、かれはあえて知ろうとしなかった。

　外から見た都市は風景のなかの白い斑点、渓谷を埋めつくす無でしかない。その白い壁の前に立ったアラスカは、なにか親しみ深いものが自分のなかに入ってくるのを感じた。壁がアラスカを通過させる。かれが鍵の所持者であることは明らかだ。

　だが、外側バリアを通過したとたん、都市がそれ以上の前進を阻んでいるのを感じた。なぜそうなるのか、一度ウィボルトにたずねたことがある。かれの同族クエリオンが立ち入りを阻んでいるのか、と。

　ウィボルトははっきりと否定はしなかった。クエリオンが質問に正面から答えることはまずない。ウィボルトはこういっただけだった。

「都市はとても気まぐれだ。われわれにさえ友好的でないことがある。だからなにも期待しないことにしている」

　どうとでもとれる言葉だ。アラスカはそれを、都市が独自の意識を進化させ、自分を見捨てたかつての住民に敵意をいだいていると解釈した。キトマの影響があったのかもしれない。アラスカは心のどこかで、少女がいまもなんらかのかたちで都市をうろついているのではないかと感じていた。

だからかれは、くりかえしここにやってくるのだ。キトマを探して。だが、これまでのところ、彼女のシュプールは見つかっていなかった。最後に姿を見たのは、彼女がかれとテスタレとクエリオン十三名をここに連れてきたときだ。それ以来、一度も会っていない。

キトマはもう精神体となった種族のところにもどって、ずっとそこにいるつもりなのか？　すべてがそうであることをしめしていたが、アラスカは決定的な証拠を目にするまで、信じるつもりがなかった。どれほど確実そうに思えても、状況証拠だけでは満足できない。

だからこそ、くりかえしやってくるのだ。

通常光の領域では、都市はいつもどおりにしか見えない。アラスカが肉体をともなってここにくると、さまざまなかたちと大きさの、半透明の建造物の集積が見えた。それらは複雑に絡み合い、チューブやポールで連結され、構造がますますわかりにくくなっている。この迷宮のなかでは方角を見定めることも、探索することも不可能だった。とはいえ、道に迷うこともない。どれほど遠くまで進み、曲がりくねった道をうろついても、出発点にもどってしまうから。すくなくともアラスカの場合はそうだった。一度など、何日もさまよいつづけ、喉の渇きと空腹で頭がおかしくなりかけた。さまざまな存在平面の説明不能な幻影に悩まされ、脱出の希望を失ったもの。万事休すと思ったとき、都市はかれを出発点にもどした。

だが、いまのアラスカは、都市が通常宇宙に構築した迷宮の外に移動するトリックを身につけている。都市が存在するのはネットの一ノードのなかで、その中心ではプシオン性の糸が強固な束をつくっているため、ネットウォーカーであるかれならなんなく通過できる。

アラスカはこの〝束〟のなかに、テスタレとともに飛びこんだ。方角がわかりやすくなるわけではないが、すくなくとも都市全体を俯瞰し、さまざまな平面に入りこむことは可能になる。

ただ、そこには陥穽もあった。アラスカはそれに気づいていながら、くりかえしだまされた。

「ここで降りよう、テスタレ」プシオン・ラインから特徴的な建造物を見つけたアラスカがいう。プシオン領域から見たそれは、絶えず構造を変化させる透明なクリスタルのようだった。変化を一生見つめつづけても、同じ構造がくりかえされるのを見ることはなさそうだ。それほど多彩な、存在平面と同じように無限といっていい形状を有している。

かれがはじめて都市に入ったとき、キトマが説明してくれた。

「この宇宙に存在するものはすべて、無限にべつの自分とつながっている。で、べつの次元を見えるようにして、橋をかけると、こんな建造物ができるのよ。わたしも無限に存在するのよ。でも、三重に見えるだけでしょう？　わたしの種族は、それ以上の存在平面に手を出さなかったから」

実際、アラスカには彼女の姿がときおり三重に見えた。都市の建造物と同じように。プシオン・ネットをあとにすると、そこはさっき外から見ていたクリスタル建造物のなかだった。もう構造は変化していない。アラスカの出現で変化がとまった……あるいは、いい方を変えるなら、アラスカがクリスタルの無限の構造形態のなかに入ったことで、そこがかれの存在平面になったということ。キトマならその形態は三つになる。彼女の存在は三つの平面にわたっているので、三つの形態が同時に出現できるのだ。

アラスカはこの変形クリスタルを十年ほど前に発見し、捜索を試みた。だが、わかったのは、クリスタル内部にはだれも居住していないということだけだった。クエリオンはこのクリスタルを一種の転送機として建造した、というのがかれの見解だ。これを使ってほかの存在／可能性平面に移動するために。なぜかれらが、このゲートでほかの存在平面に移動できる可能性を利用しなかったのか、アラスカはまだ解明できていない。ただ、クエリオンのトルニブレドは、その点に関する質問にこう答えた。

「未知領域にいきなり踏みこむのは賢明ではない。その結果なにが起きるか、充分にわかってからそうすべきだ」

トルニブレドは警告しようとしたのだろうが、アラスカは意に介さなかった。なにか劇的なことが起きるとは思っていなかったから。これまでのところ、ここではなにもない場所しか見つかっていないのだ。

だから、いきなり目の前にだれかが出現したときの驚きはひとしおだった。

相手の男はちょうどかれに背を向けたところで、二枚の分離壁のあいだをすりぬけようとしていた。背後の物音に気づいて振り向いた顔には、びくついた表情があった。迷宮をさまよいつづけた絶望感のせいだろう。だが、アラスカを目にすると、その顔に安堵の色がひろがった。

「アラスカ・シェーデレーア！」男は感きわまったように叫んだ。「また会えるとは、思ってもいませんでした」

「アライグマ！」相手がだれなのかわかり、アラスカは思わずそういっていた。生前のチルキオ・ラケルス大尉にあだ名で呼びかけたことはなかったのだが。ふたりはそこまで親しい間柄ではなかった。

好人物の裏に短気な性格をかくし持った大尉は、急にはっとした表情になった。

「そのコンビネーションはなんですか？」と、不思議そうにたずねる。「あの少女にもらったので？　一種の防護服でしょうか？」

「一種の防護服だ」アラスカが陰鬱にいう。かれはまだ、この邂逅の衝撃から立ちなおっていなかった。ラケルスは死んだと思っていたのだ。とっくに死んだはず……ただ、多数の存在平面のひとつでは生きのびて、都市の迷宮のなかをさまよいつづけているのだろう。どれほどの経験をしてきたことか！　六百年近く奇妙な迷路をさまよい歩き、脱出できる希望もなく……ほかの生命体と出会うこともないという状況は、想像の埒外だった。

　六百年……ただ、ラケルス大尉にとっても同じ長さの時間だったとはかぎらない。

「この呪われた都市からいっしょに脱出できませんか？」ラケルスがたずねた。だが、突然、またしてもはっとなって、かぎりないとまどいの表情を浮かべる。「ええと、アラスカ……どうしてマスクをつけていないんです？　カピン断片はどうしました？　そもそも、どうしてすぐに貴殿だとわかったんでしょう？　こんな……こんなこと、ありえない！」ぞっとしたように、急いでアラスカの前から後退する。「幻影だ！　失せろ、いまいましい怪物め。だれだか知らないが、消えてしまえ」

　ラケルスは背を向け、逃げだそうとした。

「待つんだ、ラケルス！　貴官に状況を説明したい」アラスカは思わず相手に合わせて、古めかしい〝貴官〟という呼びかけを使っていた。

太った小男になんなく追いつき、背後から両肩をつかむ。べつの存在平面、べつの時間からきたとはいえ、ラケルスの肉体はほんものだ。だが、そんなことは意識にものぼらなかった。

どれほど抵抗されても手ははなさず、アラスカは叫んだ。

「われわれが、貴官とわたしがキトマとともにこの都市にきてから、六百年が過ぎた！そのことを理解するのだ、ラケルス！　貴官はここで半千年紀以上をすごしている！」

小男はその場にすわりこんだ。アラスカのいったことがわかったのかどうか、はっきりしない。

「もうたくさんだ。あきらめた」

「これまでのことは忘れるんだ」と、アラスカ。「脱出のチャンスはある。しっかりしろ、アライグマ。わたしがここから出してやれるはずだ！」

ラケルスは目をまるくし、口をぽかんと開けてうなずいた。アラスカは説明する手間をかけなかった。相手がまだ理性を失っていないことを願うだけだ。

太った男の肉づきのいい肩をたたく。

「アライグマ、だいじょうぶだ！　顔をあげろ」

ラケルスはあきらめたようにうなずいた。視線は虚空に向けられている。ぼろぼろになった旧式のコンビネーションのせいで、その姿はグロテスクな化石のような印象だ。

なんらかの動力源でいまのいままで動いていて、いきなり動かなくなった剝製のようだった。

「連れていってやる、老兵」アラスカが声をかけた。「わたしの存在平面に。だいじょうぶだ。きみもネットウォーカーになれるかもしれない」

大尉の反応はない。上腕をつかんで先導すると、自分の意志がないかのように無気力にそれにしたがう。

「もう心配ない、アライグマ。どんな気分だ？」アラスカが声をかけたが、返事はない。

「おい、なんとかいえ！　われわれをここに連れてきた、白い服の奇妙な少女のことをおぼえているか？　ほんとうはきみを連れてくるはずではなかったんだ。だが、きみがわたしのキャビンで彼女を見てしまったため、連れてくるしかなくなった……」

だが、なにをいおうと、ラケルスに活気をとりもどさせることはできない。

アラスカは足をとめ、大尉の正面に立った。顎に手を当てて顔を上向かせ、目を見つめる。だが、ラケルスの視線はかれを通りこし、その目は遠くを見つめていた。

「わたしを見ろ、アライグマ」アラスカは強い口調になった。「いっしょにこの存在平面から脱出する。きみはわたしにしがみついて、わたしだけを意識していればいい。わたしのことだけを考えろ。テレパスでなくても、心の奥底が読めなくてもいい。わたしという人間がわかっていれば充分だ。いいな？」

ラケルスはなにかぶつぶついっている。かれが言葉を理解する程度の理性をのこしていることを、アラスカは願った。

「やってみよう」と、アラスカ。「しっかりつかまれ、こんなふうに！」

アラスカは肉づきのいい力ない両腕を持ちあげ、自分の腰に抱きつかせた。ラケルスの両手は氷のように冷たかったが、多少の力は感じられた。

「しっかりつかまれ……いまだ！」アラスカはプシオン・ネットに飛びこむ。即座にテスタレがコンタクトしてきた。

「どうなってる？」と、かれの共生体がたずねる。「きみは……」

アラスカはラケルスがいっしょにいないことに気づき、すぐに変形クリスタルにもどった。だが、こんどはさらに奇妙なかたちと角度に空間がねじ曲がっていて……明らかにべつの存在平面だった。ラケルスのシュプールは見あたらない。

何度かプシオン・ネットと変形クリスタルの存在平面を行き来して、そのたびにべつの平面に出たものの、チルキオ・ラケルス大尉のシュプールがあった存在平面は見つからなかった。

二度と会えるとも思えなかった。その確率は無限分の一だ。

ラケルスのいる存在平面を見つけたこと自体、信じられないような偶然だった……

「いや、偶然ではない」テスタレが反論した。「都市がきみをだましたのだ。もうだまされないようにすることだ、アラスカ」

「そうだな」アラスカはうなずいた。「ここから出よう」

「保養所にもどるか？」テスタレが期待をこめてたずねる。

「いや、エクリットに向かう」

＊

エクリットに個体ジャンプする途中、中間点でネットの一ノードに立ちよった。アラスカはゴリム基地のシントロニクスが保存していた最新情報を呼びだす。

日付はすでに新銀河暦四四五年十二月十三日になっていた。アラスカはペリー・ローダンがかれの報告を受領したことを確認。ペリーはロワ・ダントンとロナルド・テケナーの運命に関して、引きつづき調査するようもとめていた。

ペリーからも緊急報告が入っていたが、アラスカの調査には関係なさそうに思える。

〝五段階の衆〟に関する内容だ。

このタイトルのもと、惑星ボンファイアでのペリーの体験報告が保存されていた。それによると、この名を冠した組織が設立され、その唯一の目的はネットウォーカーを狩りだすことらしい。このゴリム狩人組織は、ソタルク語では〝ハトゥアタノ〟と称し、メンバーは〝ハトゥアタニ〟と呼ばれる。指導的立場の者が五名いて、そのなかの最高指導者は侏儒のヒューマノイド、名前をライニシュという。のこりはまだウパニシャドの全段階を修めていないソム人二名と、惑星ナガトの一アンドロイドと、一ナックだ。

「ナックがいつから戦闘に参加するようになったんだ?」アラスカは不審に思った。だが、それ以上に頭を悩ませることになったのは、ペリーが体験談につけくわえたべつの事実だった。

〝全ネットウォーカーに警告する。五段階の衆は新生の組織だが、われわれにとって大きな問題となる恐れがある。かれらの活動に直面した者は、そこから生じる圧力を軽視してはならない。ハトゥアタノは非合法組織に見えるかもしれないが、永遠の戦士から、すくなくともその数名から、ひそかに支援を受けている。とりわけ危険なのが指導者のライニシュ。侏儒のガヴロン人であり、性格は冷酷無比、しかもストーカー並みの陰謀家だ〟

この情報をシントロニクスから得たアラスカは、ライニシュの姿をありありと思い浮かべることができた。侏儒がパーミットを使い、殺害リストでロワとテクの映像を見せたときのことを。

「なるほど」と、アラスカ。「警告に感謝します、ペリー。ただ、残念ながら無視するしかありませんが」

ペリーは最後にもうひとつ言葉をのこしていたが、アラスカは無意識にしか聞いていなかった。ナックの格言のひとつらしい。ペリーはそれを一種の三段論法的な暗号メッセージと考え、全ネットウォーカーに向けて、なんとか暗号を解読してもらいたいと呼びかけていた。

それはこんな格言だった。

〝メエコラーの外に生はない。収縮するタルカンがはらむのは死のみ〟

だが、その言葉はアラスカの心の奥にはとどかなかった。

「《タルサモン》にもどるぞ、テスタレ！」

アラスカは大言壮語する侏儒のガヴロン人に会うのが待ちきれなかった。

6

アラスカ・シェーデレーアはエクリットの軌道上にいるエルファード船を《タルサモン》から発見し、仰天した。永遠の戦士のだれかが、理由はどうあれ、エクリットに武器輸送船を送りこんだのかと思って。だが、前日に十球体船から送られてきていた通信記録を再生すると、謎はすぐに解けた。

「ただちに《ヒヴロン》に乗船しないと、きみを置いて暗黒空間にスタートするぞ」

送信者の署名は〝パーミット保持者〟となっている。自動ログを確認すると、《タルサモン》への乗船の試みが三回記録されていた。うち二回はこの二十四時間以内だ。かれはちらりとほほえんだ。侏儒のガヴロン人はいうほど急いでいるわけではないらしい。《ヒヴロン》はまだ軌道上に相対的に静止したままだ。

アラスカはエルファード船に連絡し、搭載艇で迎えにくるよう要請した。直径が二十メートルほどある十の球状セグメントのうち、ひとつがすぐに分離して、《タルサモン》に接近してきた。

同時に侏儒のガヴロン人から通信が入る。

「くそ、アラスカ、なにをしていた？　どうしてずっと自船にいなかったのだ？」

「次の任務にそなえて休息する必要があった」アラスカは簡潔にそう答え、通信を切断した。

このあいだにテスタレは肉体プロジェクションを形成し、《タルサモン》内を自由に移動できるようになっている。

別れの挨拶は短かった。アラスカはカピンに、機会があればすぐに連絡し、できるだけ早くもどると約束した。

「別れるのはわたしもつらいのだ。だが、こうするしかない。エクリットの軌道人を見張っていてくれ。バルメグの一味が乗りこもうとしてくるはず。好きなように撃退してかまわないが、きみの存在を気どられないように」

「かんたんに搭乗券をあたえるつもりはない」テスタレがいい、ふたりは別れの握手をかわした。球形搭載艇が到着し、アラスカが不確実な冒険に出発するときがきた。

球状セグメント内にいるのはアラスカだけだった。ロボット制御されているようだ。監視されているのはわかっていたが、かれは移動時間を利用してセグメント内を見てまわり、搭載艇が操縦できないかためしてみたりもした。失敗したのは予想どおりだ。セグメントは手動操縦できず、遠隔インパルスにしか反応しないことがわかった。しかも人員の輸送用ですらない。すみずみまでぎっしりと、アラスカの知らない技術装置類が詰めこまれていたのだ。

セグメントは母船の中央部にドッキングし、アラスカが四球体からなる《ヒヴロン》の主要部に移乗すると、船尾のほうに遠ざかっていった。

司令室では侏儒のガヴロン人と錚々たる仲間たちがアラスカを迎えた。

「まにあったようだな、アラスカ。きみを置いていくところだった」と、侏儒のガヴロン人。「すぐにスタートする。航行中にたがいに自己紹介してもらい、任務のくわしい内容を説明しよう」

司令室にはかれとアラスカのほかに、さまざまな種族の乗客が七名いた。二名はすでに知っている。エクリットではじめて侏儒のガヴロン人に会ったときかれを案内した、頭部が大きすぎるヒューマノイドだ。

アラスカはもっとかれらのことを知りたいと思った。

＊

エルファード船はエネルプシ・エンジンと重力エンジンによる重力推進システムのほか、リニア・エンジンも搭載していた。侏儒のガヴロン人は宙航士の乗員にたよらず、ひとりで船を操縦できると豪語した。

「リニア空間の第一段階を航行している」加速機動が終わって中間空間に遷移すると、侏儒のガヴロン人がいった。「リニア空間は通常空間とハイパー空間、つまり五次元とのあいだの、秤動ゾーンだ。この旧式の、ほとんど忘れ去られた推進法には、プシオン・ネットの凪ゾーンでも航行できるという利点がある。暗黒空間は凪ゾーンだらけだからな。くわえて、エスタルトゥが招かざる客のために用意した罠も回避できる。われわれが暗黒空間の危険を恐れる必要はないが、このほうが早いのだ。われわれは侵入者ではない。わたしは永遠の戦士の全権委任パーミットを保持している。暗黒空間のどの世界にも自由に出入りできることが保証されているのだ」

かれは断ち切られたように見える左腕をあげ、デフレクターのスイッチを切ってパーミットが見えるようにした。ほかの者たちから感嘆の声があがり、アラスカには、かれがパーミットを自慢したかっただけだとわかった。

「本題に入ろう」侏儒のガヴロン人はデフレクターのスイッチを入れずに先をつづけた。「わたしの名前はライニシュ、ガヴロン人の傍系出身だ。故郷銀河はシオム・ソム。エスタルトゥの力の集合体に属する十二銀河の最高権力者の命令で行動している。ただ、これは公式の命令ではない。そのため、わたしの行動が違法とみなされる可能性はある。とはいえ、法典に全面的に忠実であることは断言する」

ライニシュはひとりひとりに目をやり、最後にアラスカに視線を向けると、力づけるように微笑した。

「わたしの部隊に〝ガヴロイド〟が多いのは偶然で、優遇しているわけではない。見ているのは能力だけだ。自己紹介してくれるか、アラスカ？」

「まずはっきりさせておきたい。わたしは自分をガヴロイドではなく、ヒューマノイドとみなしている。なぜなら、わたしは〝それ〟の力の集合体からここにやってきたヴィーロ宙航士だからだ」アラスカはそういって、ライニシュの視線を正面から受けとめた。

「シオム・ソム銀河の巨大凪ゾーンで船を失い、クルサアファルの宇宙遊民のもとに身をよせた。そこで影響力と宇宙船を手に入れ、逃亡し、独立した。わたしはつねに自分の利益のために行動し、だれかに仕えたことはないし、今後もどこかの権力に従属することは考えていない」

「簡にして要だな」ライニシュが微笑したままいった。「きみの立場は充分、明確になった。わたしに協力しても、きみの理念を損なうことにはならないと確約しよう。大ばくち後、わたしといるのがいやなら、自分の道を進めばいい」

「その大ばくちがどんなものなのか、あらかじめ知っておきたい」と、アラスカ。

「標的世界はマジュンタだ」ライニシュが躊躇なく答える。「この名前に心当たりはあるか？」

「いや、ない」アラスカは正直にそういった。ネットウォーカーのシントロニクスに記録がないのはまちがいない。「そこでなにをすればいい?」ライニシュが狡猾にいう。「マジュンタはエスタルトゥの〝両性予知者〟の本拠地だ」

アラスカにはなんのことかわからなかったし、ほかの七名も同じらしかった。ライニシュが自己満足ぎみに微笑していう。

「これ以上はそのときになってからだ」かれはアラスカの左後方に立っている者に向きなおった。「きみもかんたんに自己紹介してくれ、オギリフ」

オギリフは身長が一メートル半少々、からだは半球形で、短い四本の脚があった。触手状の腕は柔軟で伸縮自在……それが八本までつくれるのを、アラスカは知っていた。頭部もやはり半球形で、三つの目がてっぺんに位置し、鼻のかわりに薄片状の呼吸器官がある。その下には唇の薄い大きな口があった。

アラスカはオギリフの同族の、オベアーという名の者と知己(ちき)だった。オベアーはネットウォーカーの拠点である惑星サバルで、ペリー・ローダンの隣家に住んでいる。

「わたしはダータバル銀河のドゥアラという種族だが、生まれはエクリットだ。傭兵を生業(なりわい)にしている。軌道人アヤンネー族に雇われて戦うこともあれば、地上のグランジカル族のために戦うこともある。特定のイデオロギーに縛られず、恒久的葛藤の哲学にしたがって行動している」かれはその場の者たちを三つの目で見まわした。「ここにわたしの敵はいないが、状況しだいではきみたちが敵になることもあるだろう。よき協力関係を！」

「気にいったぞ、オギリフ」ライニシュが満足そうにいう。「ひとつ聞いておきたい。きみは恒久的葛藤の精神にもとづいて、同族とも戦うことはできるか？」

「アヤンネー族に雇われて、三名のドゥアラを殺したことがある」オギリフは簡潔にそう答えた。

「きみはどうだ、パルデオル？」パーミット保持者はその横にいた男に声をかけた。

かれは二名いるソム人の一名だった。ソム人はどちらも頑丈なパッドの入ったコンビネーションを身につけ、細い足を太く見せている。上体は樽のようで、直接見えるのは鳥の頭と羽毛の生えた両腕だけだった。パルデオルのくちばしは真紅で、腕の羽毛も同じ色をしている。もう一名のソム人はくちばしが黄土色で、腕の羽毛は明るいグリーンだった。とさかはどちらも薄いグレイで、白い斑点が散っている。

「わたしはソム人。シオム・ソム銀河の支配種族の一員だが、やはり故郷銀河は見たことがない。功績のあった退役兵のひとり息子としてエクリットで生まれた。リサイクル専門家で、エクリットの技術装置のジャンク品から武器をつくって売っている……オギリフにもひとつ提供し、満足してもらっているようだ。同族のスコルディがエクリットの廃物の山から、役だちそうなものを掘りだしてとどけてくれるのだが、そのかれも、わたしのつくった戦闘服に何度も命を救われたもの。わたしもなんらかのイデオロギーのためではなく、スリルを味わうためだけに戦っている」

「なにかつけくわえることはあるか、スコルディ?」ライニシュは明るいグリーンの羽毛のソム人にも声をかけた。

「エクリットにきてパルデオルといっしょに働く前は、戦士イジャルコルの輜重隊にいた」と、スコルディ。「わたしには輝かしいキャリアがあり、法典守護者に任命される寸前だった。ところが、ばかげた偶然で履歴書を確認され、ウパニシャドの訓練を修了していないことがばれてしまった。たしかに書類は偽造したが、それは目的を早く達成するためだったのだ。能力も功績も明白なのに、決められた道を歩まなかったために、すべて帳消しにされてしまった。イジャルコルと話せれば慈悲が得られただろうが、わたしのようなケースで永遠の戦士に会うことはできない。だから地下にもぐり、エクリットに流れついた」

「わたしがきみの仕事ぶりに満足したら、イジャルコルもきみの一件をとりあげるだろう」ライニシュはそういい、次の者に目を向けた。「ビー?」

「わたしの名前はサルサビー。短縮形で呼んでいいのは友だけだ」明らかに、ライニシュ以外の全員に対する警告の口調だった。「アブサンタ＝ゴム銀河出身、種族はメルソネで、カゲロウの群れのためのインパルス提供者だった。故郷銀河の奇蹟の管理者のようなものだ。アブサンタ＝ゴム銀河で不吉な前兆のカゲロウに出会い、幻影を受け入れる幸運に恵まれた者なら、その魅力は知っているはず。だが、ゴリムがカゲロウの集中的な排除をめざしていることはだれも知るまい。そのためにインパルス提供者が必要とされるのだ。われわれがナックと協力してカゲロウを守り、危険ゾーンから管理している……ま、退屈な話はやめておこう。ある日、わたしは任務中にゴリムの罠にかかり、プシオン嵐のただなかにほうりこまれて、この惑星に飛ばされた。ここまでなんとか生きのびて、エクリットの地獄に耐えてきた。ほかにいうことはない」

カゲロウの群れの犠牲者を食い物にするこの種の追い剝ぎがアブサンタ＝ゴム銀河にいることを、アラスカは知らなかった。道徳的にはけっしてほめられる行為ではないが、こういう連中はエスタルトゥの銀河ではめずらしくなかった。

アブサンタ＝ゴム銀河の主要種族であるメルソネは昆虫の末裔で、甲殻におおわれたからだは三つの部分に分かれ、褐色をしている。身長は二・五メートル、四対の肢があり、脚はそのうちの一対だけだ。強力な大顎は危険な武器で、ほとんど真っ黒に見える複眼には光が星形に反射している。その目は赤外線領域まで見ることができ、またその触角は、超能力を使わずにプシオン・インパルスを感じとることができるといわれていた。

アラスカは個人を見て種族全体を判断しないよう気をつけているが、メルソネに関しては〝冷酷〟という印象をぬぐえなかった。サルサビーには用心する必要があるだろう。

そう考えているうちに、次の者が声をあげた。ムウン銀河のプテルス、つまり永遠の戦士の起源だ。ソトの進行役となり、ソトそのもののモデルとなった種族の子孫ということ。

とはいえ、エスタルトゥで最高権力を誇るこの種族は、永遠の戦士にくらべるとあわれなくらい矮小に見える。

かれの名はエルプといい、みずからを〝十二銀河の処刑旅行者〟と称していた。要は雇われ暗殺者で、永遠の女戦士スーフーの命令でエクリットまで犠牲者を追跡し、任務を終えて、この宇宙のごみ捨て場で休暇をすごしながら次の任務にそなえているらしい。

「あとはきみたちだけだな」ライニシュが不恰好な戦闘服姿のヒューマノイド二名に向かっていった。戦闘服はエクリットの軌道人アヤンネー族であることをしめすものだ。

「わたしの名前はシジョル・カラエス」ひとりが自己紹介し、もうひとりがそれにつづいた。

「わたしの名前はアグルエル・エジスキー」まるで事前に打ち合わせていたような、連携した自己紹介だった。

この瞬間を緊張して待っていたアラスカは、内容がかれらの出自を語るものではなかったことに失望した。

ふたりはダータバル銀河でカリュブディスのセイレーンの犠牲になって記憶を奪われたと主張した。自分たちの種族さえおぼえておらず、ライニシュは勝手に〝ガヴロイド〟と呼んでいる。故郷銀河と同族を探してエクリットまでやってきて、軌道人の首領バルメグに仕え、ライニシュを紹介されたという。

これで全員だ。

「シジョルとアグルエルは業績をずいぶんひかえめに述べたが、かれらの心の内はわかっている。ふたりを仲介してくれたバルメグには充分に感謝をしめした。さらにもう一名、べつの仲介者からも紹介があった。かれはすぐに数名の候補者をあげたが、わたしの眼鏡にかなう者はいなかった。きみは唯一の例外だ、アラスカ」侏儒のガヴロン人はアラスカに目を向けた。

「仲介者のヴォソ・ミイの報酬はどうなっている？」アラスカがたずねる。

「まだなにも」と、ライニシュ。「あの声の不自由なオファラーは、わたしの船にゲストとして乗っている。ヴォソはわたしを深く失望させたが、きみがその埋め合わせとなるかもしれない、アラスカ。ヴォソの報酬はなにがいいと思う？」

「ヴォソの仲介の労と、わたしの働きを見て決めればいい」アラスカは平然としたようすをよそおった。

「いい提案だ」ライニシュは同意した。「これでわれわれ、たがいに理解できたと思う。

その意味で、よき協力関係を！」

＊

エルファード船はすべて同じ構造になっている。中心部の球状セグメント四つが母船を形成し、船首の三つと船尾の三つの球体は切りはなし可能で、さまざまな用途に活用される。支援や偵察にも使えるし、荷物室にも、ミサイルにも、完全にシントロン化されたスパイ船にも換装できる。

母船を構成する球体四つはそれぞれ直径二十メートルで、強固に連結されている。ふたつは一体化して司令室になり、あとのふたつはエンジン区画だ。重力推進のほかに、リニア・エンジンなど従来型のエンジンを搭載している。だが、これはむしろ例外だった。シオム・ソム銀河のようにおもに凪ゾーンで行動するエルファード船には、リニア・エンジンや遷移エンジンなど、いわゆる〝禁じられた〟推進システムが搭載されているのだ。メタグラヴや次元遷移機関はエスタルトゥでは知られていなかった。

付属セグメントのうちふたつは、すくなくとも《ヒヴロン》では、乗客の宿泊用として整備されていた。アラスカが船尾側セグメントの一キャビンを選んだのは、近くにふたりのガヴロイド、シジョル・カラエスとアグルエル・エジスキーのキャビンがあったからだ。バルメグの手下だったふたりには、いまだに興味がつきない。出自の記憶がないという話は信じていなかった。かれらの外観にはどことなく見おぼえがある。エスタルトゥのどの種族だったか、はっきりとはわからないが。いずれにせよ、ガヴロイドではありえなかった。ガヴロン人に髪は生えないから。

スタートから数時間後、中間点の通常宇宙で相対的に静止する。ライニシュは映像通話で〝ハトゥアタニ〟たちにキャビンで待機するよう要請し、ホログラムの星図を転送して現在ポジションをしめした。

おかげで《ヒヴロン》がすでに暗黒空間に三百光年ほど入りこんでいることがわかった。ライニシュが周辺の映像も表示したので、そこが虚空のただなかで、いちばん近い恒星まで四分の一光年の距離であることも判明する。

ふたたび映像が変化し、プシオン・ネットが図示された。そのプシオン流を眺めたアラスカは、それがネットウォーカーの個体ジャンプに利用できない、通常路の表示だと認識した。エネルプシ・エンジンを利用した場合の移動経路だ。ひろい範囲に優先路は存在せず、ネットウォーカーがまだ開拓していない領域だとわかる。

通常路のネットのあちこちに赤い光点が散らばっていた。ライニシュが説明する。

「赤いマークは危険個所をしめしている。いまいるのはそんな個所のひとつだ。だが、心配はいらない。危険があるのはエネルプシ航行中だけだ。行きは秤動ゾーンを飛ぶので、危険はない。だが、大ばくち後はできるだけ早く暗黒空間から脱出しなくてはならず、エネルプシ・エンジンを使用することになる。帰路を確保しておく必要があるということ。そのために危険個所を解除するので、六つの球状セグメントに適切な機器を搭載して待機させている。これで充分に対処できるはず」

ホログラム上に、後部セグメントが分離して、通常路の交差する位置に移動するようすが表示された。アラスカを《ヒヴロン》に運んできたセグメントだ。あの船に搭載された多数の装置の目的がようやくわかった。

「あと五回、同じように途中で静止して、逃げ道を確保しながら目的地に向かう」ライニシュがいった。「エスタルトゥの法をおかすことになるのではないかと、心配するにはおよばない。これらの罠はすべて、進行役プテルスが永遠の戦士の許可を得ずにつくったものだ。このプシオン地雷原を解除するのは、エスタルトゥの意志にかなうことでもある」

《ヒヴロン》は加速して、ふたたびリニア航行にうつった。アラスカにとって、ライニシュの説明は有益なものだった。ソトの助言者である進行役プテルスと永遠の戦士とのあいだで、主導権争いが生じていると解釈できるから。戦士崇拝が衰退する兆候だろうか?

「目的地に到着するまでキャビンにとどまれ!」ライニシュは最後にそういい、通話を終えた。

アラスカにしてみれば、いまのうちにエルファード船を見てまわれといわれたに等しい。ただ、かれは侏儒のガヴロン人がオファラーのヴォソ・ミイを監禁している場所も探りだしたかった。まずは次に静止するのを待つことにする。

これが三時間前のことだ。

《ヒヴロン》が通常空間にもどったとたん、警報サイレンが鳴りひびいた。アラスカはキャビンから飛びだした。エルファード船の警報システムが反応したさいの、危機に対する反射的な行動だった。

同じ区画にいた両〝ガヴロイド〟も通廊に飛びだしてきたのを見て、緊張する。だが、すぐに警報は解除され、ライニシュの声がスピーカーから響いた。

「訓練だ！　きみたちをためさせてもらった、わがハトゥアタニたちよ。その反応速度には満足している。キャビンにもどっていいぞ」

「あのちびが、いつもわれわれを監視しているということだ」アラスカは両ガヴロイドに声をかけた。どちらの顔にも偽の警報に対する不満があらわれている。「この機会に、もっとおたがいのことを知りたいと思わないか？」

「あんたのことはバルメグのところで、もう知ってる」ひとりがそういった。カラエスなのかエジスキーなのか、よくわからない。ふたりはすぐにキャビンにもどってしまった。

アラスカはライニシュの監視がゆるむことを期待して、次の静止ポイントに行くまで偵察を延期した。侏儒のガヴロン人は船首側の球状セグメントを離脱させ、プシ・ノード領域に配置するようすを中継してくる。そのあと《ヒヴロン》は再加速し、ふたたびリニア航行にうつった。

数時間後、ふたたび警報が鳴りひびいた。アラスカは冷静に受けとめた。ただ、こんどは訓練ではなかった。

「注目しろ、ハトゥアタニたち」と、ライニシュ。「怠惰なちびプテルスのあつかい方を見せてやる」

次に通常空間に実体化したとき、そこは一基地の近傍だった。長さ一キロメートルほどの宇宙ステーションだ。幅は百五十メートルほど、厚みも同じくらいで、さまざまな高さの上部構築物と着艦用プラットフォームをそなえ、アラスカはテラの原子力時代の空母を連想した。

上部構築物のいくつかが明滅し、むらさき色のエネルギー・ビームが数条、《ヒヴロン》に向かってはなたれた。エルファード船の外殻がまばゆい火球に変じる。

「呪われた悪魔のしっぽども！」ライニシュがののしる。最初は声だけが聞こえ、そのあと同時映像のスイッチが入ると、アラスカはいきなり司令室にいるような気になった。宇宙空間の出来ごとを観察しながら、ステーション内部の映像も眺めることができる。

「こちらはパーミット保持者のライニシュ！」侏儒のガヴロン人が憤然と叫び、特大の鋼のこぶしのホログラムを表示した。「永遠の戦士の全権代理だ！」

炎はすぐに消え、進行役の一団のプロジェクションがあらわれる。技術機器にかこまれた円形の部屋のなかだ。

一進行役が尾を振りながら、V字形のトカゲ顔と三角形の目しか見えなくなるまで近づいてきた。濁った目でまっすぐにこちらを見つめ、口を開く。

「わたしはスレシュ、〝エスタルトゥの目〟オリンマの指揮官だ。われわれの任務はこの宙域を探知可能な全範囲にわたって監視し、未確認物体を破壊すること。なぜ身元を明らかにしなかったのだ、パーミット保持者ライニシュ？　なぜ、きみの船はゴリム船のような動きをしている？」

「重要な任務中なのでね」ライニシュが慇懃無礼に答える。「リニア航行はきみたちのような重要人物の迷惑にならないはず。わがパーミットを確認したか？　確認したなら、道をあけてもらいたい」

「まず、目的地を明示しろ」

ライニシュはためらったすえに答えた。

「マジュンタだ」

「航行の目的は？」と、スレシュ。

「エスタルトゥの両性予知者に重要な相談がある」ライニシュは進行役に情報をあたえるのに大きな抵抗を感じているようだ。

「そんなに重要なことなら、なぜ戦士自身がマジュンタにおもむかない?」スレシュが重ねてたずねると、ライニシュはふたたびパーミットのプロジェクションをかかげた。だが、スレシュは満足しなかった。「未来のなにが知りたいのだ?」

ライニシュはほくそ笑んだ。

「たぶん永遠の戦士は知りたいはず。厄介な悪魔のしっぽのいない未来がどんなものか」

「口をつつしめ!」スレシュが警告する。「われわれはエスタルトゥの直属の部下。われわれのいない未来は、エスタルトゥに背を向けた未来だ」

「もう行っていいか?」

進行役たちはすこし話し合い、スレシュが通過を許可した。

「担保を置いていって、帰りに回収する」ライニシュはそういい、進行役の了承を待たずに船首セグメントのひとつを切りはなした。その後《ヒヴロン》は加速して、リニア空間に遷移する。

アラスカは侏儒のガヴロン人の冷徹さに驚きを禁じえなかった。かれはそれを重大な警告と受けとめ、ライニシュを甘く見ることはできないと肝に銘じた。とはいえ、偵察をこれ以上引きのばすわけにもいかない。

ふたつだけのこっていた船尾セグメントを調べ、かれを運んできたものと同じ技術装置が設置されていることを確認した。ヴォソ・ミイが囚われている場所は発見できない。次に、自分のキャビンがある人員用セグメントを調べたが、やはりオファラーのシュプールは見あたらない。ただ、べつの者を発見した。

一武器庫に入ると、ライニシュが待ち受けていたのだ。

＊

「友のヴォソは見つかったか？」ライニシュが親しげなようすをよそおってたずねた。「それとも、武器を調達しにきたのか？　どれでも持っていくといい。だが、念のためいっておくと、マジュンタの大ばくちのために重武装する必要はない」かれは棚を指さした。そこには奇妙な籠のようなものが積みあげられていた。「防護ヘルメットがあれば充分だ」

「ヴォソのようすを見ておきたかった」と、アラスカ。「いささか責任を感じていてね。わたしを仲介した結果、捕虜になったのだから」

「エスパーが探しても見つからないだろう。セグメントごと切りはなしたから。それとも、ヴォソは状況をスパイするための口実だったかな？」

　アラスカはライニシュを制圧して船を奪う可能性を考慮した。だが、ウパニシャドの十段階を修了しているシャント戦闘服着用者が相手では絶望的に不利であるだけでなく、勝ったとしても得るものがなかった。侏儒のガヴロン人がロワ・ダントンとロナルド・テケナーにいつ、どこで、どんな状況下でなにをしたのか、はっきりさせなくてはならないのだ。

「自分の立場はつねに把握しておきたい」アラスカは言明した。「きみの秘密主義は気にいらないな、ライニシュ」

「おたがいに相手の秘密は詮索したくないものと思っていたのだが」

「きみの私生活に興味があるわけではない。自分がなにに関わっているのか知りたいだけだ。エスタルトゥには敵対したくないから」

「悪魔のしっぽどものことか？」ライニシュが声をあげて笑う。「進行役はエスタルトゥではない、といっておこう。かれらのあつかい方はもうわかっている。きみも経験したはず。それとも、さっきの出来ごとに不安を感じたのか？　だとしたら、きみにはハトゥアタニとなる資質はない」

「実際、向いていないのかもしれない」と、アラスカ。「わたしはウパニシャドの訓練を受けていないから」

「わたしももとから才能があったわけではない」ライニシュは認めた。「トロヴェヌールのオルフェウス迷宮で、カリュドンの狩りによって腕を磨いたのだ。エスタルトゥにはパニシュや上級修了者が綺羅星のようにそろっているが、カリュドンの狩人として長く活動できる者は多くない。そういう者は、その後パニシュ・パニシャに昇格するチャンスが得られる」

「きみがカリュドンの狩りに参加していたとは知らなかった」アラスカはひかえめに敬意をしめした。「オルフェウス迷宮では、きっと腕のいい狩人だったのだろうな」ライニシュがうなずいて肯定すると、アラスカはたずねた。「きみほど多くの獲物を狩った狩人はいないのではないか？」

「わたしの殺害リストを見せたのだったな」と、ライニシュ。「あれに名前のある犠牲者のほとんどは、オルフェウス迷宮で殺したものだ。あと数名で、永遠の殺害の殿堂入りをすることができる」

アラスカは愕然とした。

「よくわからないな。オルフェウス迷宮では別次元からきた野獣を狩るだけだと聞いている。きみの殺害リストには、エスタルトゥ種族の知性体しかいなかった」

「きみに秘密を明かそう、アラスカ」ライニシュは声を落とした。「オルフェウス迷宮にいるのは野獣ではない。すべて知性体だ。ゴリム、追放者、犯罪者などで、環境に適応して怪物になる。そのことを知っている狩人は、ほかの狩人よりも優位に立てるのだ」

「だったらどうして、きみの殺害リストにあるのが怪物に変身した姿ではないんだ？」

アラスカは素朴な好奇心以上のものを悟られないよう苦労した。

「くわしく知りたがるんだな、アラスカ」ライニシュはため息をついた。「ま、いい。もうひとつ秘密を教えてやろう。わたしはオルフェウス迷宮に入る前の追放者など全員をリストに登録し、それをもとに犠牲者を選んだ。かれらの真の姿を基準にして、変身後の危険度を推定したのだ。そのあと狩りを開始し、野心のおもむくままに、迷宮内で追いつめていった」

「それだとよけいな手間がかかるのでは？」と、アラスカ。

「たしかに。また、リストにある全員を殺したわけでもない。数名はいまもオルフェウス迷宮のなかをさまよいつづけていて、いずれわたしの手にかかるだろう。それはまちがいない……」ライニシュは言葉を切り、とまどったようにアラスカに目を向けた。突然、ちいさく笑みを浮かべる。その表情はいたずらっ子のようだった。「おい、きみは話を引きだす名人だな。どうしてそんなに知りたがる？」

「いつかオルフェウス迷宮で狩りをしたいと思っているんだ」アラスカは答えた。「きみの話を聞いて、その思いが強くなった」

「ほう！」と、ライニシュ。「ま、マジュンタで活躍すれば、カリュドンの狩りに参加できる機会もあるだろう。わたしのパーミットにはそれを可能にする力がある」

「マジュンタではなにが待っている？」

「行けばわかる。話は終わりだ」ライニシュは背を返して歩きだし、武器庫の出口で振りかえった。「籠状ヘルメットを選んでおけ。予知者のパラプシ的影響から着用者を保護する。かれらが恍惚の域に達すると、とんでもないプシ嵐を引き起こすそうだ」

7

マジュンタは土星大のリング惑星の最大の衛星で、直径が六千八百キロメートルあった。惑星自体には交差するリングが七つあり、そのうち六つには衛星が埋めこまれている。マジュンタはリング外に公転軌道を有する唯一の衛星だった。

最初、進行役たちはパーミット保持者だけに衛星への立ち入りを認めようとした。だが、ライニシュが強く主張して全員の同行を認めさせ、さらには全員が両性予知者に質問する許可までもぎとった。

マジュンタはクレーターだらけの不毛な天体で、重力は〇・四G、大気は存在しない。そのため、進行役と予知者は地下施設に居住しているのだろうと思えた。だが、《ヒヴロン》が衛星を一周し、惑星に面した側で着陸態勢に入ると、赤道地帯に設置された巨大エネルギー・ドームが見えてきた。

ここでまたしても、ライニシュと進行役のあいだで議論が生じた。しっぽのある侏儒プテルスは最初、エルファード船にドーム外への着陸をもとめた。ライニシュはパーミット保持者であることを楯にドーム内部への乗り入れ許可を要求し、ドーム内に十二ある着陸床のひとつにおりることを認めさせた。

「最終確認だ」司令室にハトゥアタニ全員を集めると、ライニシュがいった。「計画は以下のとおり。予知者を確保し、《ヒヴロン》に連れこんで、そのまま逃走する。詳細は状況を見てから詰める。じつをいうと、わたし自身も予知者がどういう存在なのか知らないのだ。わかっているのは、知性体とプシ能力を持った植物の混成体だということだけ。つまり、ハイブリッドだ。数千体いるかもしれないが、連れだすのは一体でいい。個別に偵察したあと、船に集合し、かんたんな打ち合わせをして、ただちに攻撃にうつる……損失は顧慮しない」

ドームは乳白色の不透明なフォーム・エネルギー製で、直径二十五キロメートル、高さ十キロメートル。一クレーター全体をつつみこんでいた。《ヒヴロン》が上空数百メートルまで接近すると、ドームに構造亀裂が生じた。エルファード船がエネルギー・チューブ内を下降する。牽引ビームが船をとらえ、減速させた。頭上で構造亀裂が閉じると、エネルギー・チューブも消失する。

ようやくドームの内部が見えるようになった。地上には植物が濃密に生い茂り、場所によっては数百メートルの高さに達している。植物の色は赤や真紅やヴァイオレットなどさまざまで、葉緑素に依存していないのがわかった。

そんななかに円形の空き地が十二カ所あり、うちふたつには宇宙船が着陸していた。どちらも星形の、永遠の戦士の船だ。《ヒヴロン》は直径四百メートルほどの、円形のプラスティックの上に着陸した。ライニシュはのこった四つの球状セグメントができるだけ植物の壁の近くにくるよう、エルファード船の位置を決めた。

　そのとき突然、予想外の出来事が起きた。高さ百メートルの植物の壁がせわしなく動きだしたのだ。まず生け垣のような藪が後退し、目に見えない巨大な手に押しつぶされたかのようにたわんだ。かと思うと、人間の胴体ほどの太さがある棘だらけの植物が鞭のように飛びだし、音をたてて空気を切り裂いた。まるで、エルファード船に巻きつき、釘づけにしようとするかのようだ。だが、それはすぐに後退した。

　巨大な生け垣が目にもとまらない速さで、二百メートル先までしおれていく。このプロセスは二、三分で完了し、あとには数十のちいさな藪が点々とのこるだけだった。

「どういうことだ？」ライニシュがいぶかしむ。「まるで予知者がわれわれを拒絶しているようだ。ま、とりあえずようすを見よう。ばらばらになって、それぞれで調査するのだ」

　ライニシュが籠状のプシ防護ヘルメットをかぶると、ほかの面々もそれにならった。アラスカはわずかにためらったが、結局同じようにした。必要ならヘルメットはいつでも脱げる。

ドーム内の酸素大気は呼吸可能だった。アラスカのネット・コンビネーションは窒素分圧がかなり低いことをしめしていたが、補助装置なしで長時間活動しても支障はないとも告げていた。

ライニシュを先頭にした九名のハトゥアタニが、《ヒヴロン》のメイン・ハッチをくぐって外に出る。一進行役がかれらを出迎えた。進行役は植物が枯れはてた不毛の地に立ち、とりのこされたハイブリッドの小島と同じく茫然としたようすに見えた。

ライニシュが挨拶するようにパーミットをあげ、たずねる。

「われわれがなんらかのかたちで予知者を恐がらせてしまい、それで爆発的に枯れてしまったのだろうか？」

「これが通常のプロセスなのだ」進行役が真剣に説明した。「ハイブリッドにとって、きみたちは異物だ。だからかれらは身を守るため、最小限まで縮こまる。きみたちがいなくなってようやく、本来の美しさをとりもどすことになる。どうか、質問はできるかぎり簡潔にしてもらいたい」

「われわれ、何泊かしていくつもりなのだが」ライニシュがきびしい表情でいう。

「不可能だ！」進行役は驚いて叫んだ。「ハイブリッドが疲れはててしまう。次の暗期までにはマジュンタから去ってくれ。人工の夜明けがきたら、ただちに質問をやめるように。あとはきみたちだけにするが、ひとつ警告しておく」三角形の目がかれらをひとりずつ眺めた。「ルールを守るのだ。ハイブリッドを故意に苦しめたり、なんらかのかたちで苦痛をあたえたり、破壊したりした者は、マジュンタから出られなくなる。その者もハイブリッドになってしまうから」

進行役はかれらに背を向け、藪の奥に姿を消した。ハトゥアタニたちはとまどって、顔を見合わせた。

「仕事にかかれ」と、ライニシュが命じる。

「予知者になにを質問すればいい?」プテルスのエルプがたずねた。

「こういうのはどうだ?」アラスカが無邪気に提案する。「〝エスタルトゥはまだここにいるのか?〟」

全員が不安そうにかれを見たが、ライニシュだけは声をあげて笑いだした。

「それはいい!」と、上機嫌に宣言する。「予知者がどう反応するか、見ものだな」

＊

「エスタルトゥはまだここにいるのか?」アラスカが藪に向かってたずねた。声の振動で、棘だらけの枝が蛇のようにうごめくのが見える。最初は濃密に茂った葉が幹をかくしていたが、かれが質問を大声でくりかえすと葉群が分かれ、根もとのほうにかたちのはっきりしない塊りが見えた。そこから腕ほどの太さの蔓がのびている。一瞬、そこに目や口が見えたような気がした。うごめいている根もとからさまざまな手足が生えているようにも見える。だが、葉群がすぐにハイブリッドの脳をかくし、テレパシーで回答があった。ほとんど理解できないくらいのささやきだ。

〈エスタルトゥは遍在する。われわれのなかに、きみのなかに、その力の集合体のあらゆる被造物のなかに存在する〉

アラスカはがっかりして背を向け、次のハイブリッドに近づいた……あるいはハイブリッド〝たち〟というべきか？　かれらはその特性から、たんなる予知者ではなく〝両性予知者〟と呼ばれる。たぶん、すべての性が統合されているのだろう。パラプシ能力を持つ植物から生じた両性具有の存在であり、思考力のある知性体でもある。こうした条件が複合して、かれらは未来を垣間見ることのできる予知者となったのだ。だが、ほんとうに未来が見えるのだろうか？

アラスカは進みつづけた。ほかの仲間の姿はどこにも見えない。やがて、無数のヤシの葉が球形にかたまったハイブリッドに行きあたった。

「戦士崇拝の未来をどう見ている？」アラスカがたずねると、遠くから響いてくるようなテレパシーがとどいた。

〈……ラサトは告知する。エスタルトゥはもうここにはいない……わたしに訊け……そ

うすれば答えが得られる……〉

アラスカはその声を、すでに《ヒヴロン》の船内で聞いていた。着陸直後、プシ防護ヘルメットを着用する前のことだ。思わず、ヘルメットを脱ごうと持ちあげる……すると、ハイブリッドの答えが嵐のように襲いかかってきた。ヘルメットから手をはなすと、ようやく流れこんでくるインパルスに耐えられるようになる。

〈戦士崇拝は老朽化するだろう。孤立に向かうのでも、孤立に追いこまれるのでもなく……それを引き起こすのは戦士の哲学でも、戦士の哲学が戦う相手でもない。自己規制の影響によって、必然的にそうなる……〉

アラスカは啞然とした。

「戦士崇拝の終焉を予言しているのか？」と、驚いてたずねる。「つまり、恒久的葛藤の哲学は袋小路だと？　それが起きるのはいつになる？」

〈起きるべきことが起きるのは、力の源泉が涸れ、そこに関与していた勢力が、敵味方を問わず、ゼロ・ポイントに達したときだろう〉

あまりにも謎めいていて、アラスカはどうにも反応できなかった。その言葉に真実がかくされていることには確信があったが、だからといってその真実が、かれの質問に対する適切な答えになっているわけではない。もっと単純明快な答えをもとめていたのだ。謎解きがしたいわけではない。そのことはべつにしても、たぶんハイブリッドは進行役の思いどおりに操られているのだろう。

「エスタルトゥはまだここにいるのか?」アラスカはすでに十数回、さまざまなハイブリッドにこの質問を投げかけていた。答えはいつも同じで、〝エスタルトゥはわれわれすべてのなかに生きている〟だった。だが、ときおり〝エスタルトゥはもうここにはいない〟と、遠くからひずんだ声が聞こえてくるような気がした。つづきが聞こえたことも二度ほどある。〝ラサトに訊け……〟

「エスタルトゥはまだここにいるのか?」

〈エスタルトゥはもうここにはいない!〉こんどははっきりと聞こえた。幻聴ではありえない。

アラスカはそのハイブリッドを見た。それは風景画に描かれたサボテンのようで、棘のある数千本の腕にワイングラス形の花が咲いていた。

「ほんとうに、エスタルトゥはもうここにはいないのか?」アラスカが確認する。

〈エスタルトゥはその力の集合体のなかのどこにも見あたらない。その心臓部も見てきたが、そこにもいなかった〉

アラスカはサボテン・ハイブリッドの根もとに目を向けた。まるで盛りあがった金属のようだ。林立するサボテンのあいだの地面はかすかに光って、多くの場所がもろい多孔質に見えるが、変質がそこまで進んでいない場所もいくつかある。そういう場所は金属質の輝きを見せ、そこだけ磨きあげられているかのようだった。

「きみは何者だ？」アラスカはそうたずね、同時にヘルメットを脱いだ。危険は承知のうえだ。「どうやってこのハイブリッドの一部になったんだ？　マジュンタの予知者の一部に？」

アラスカは突然、脳を掻きだされるようなプシ嵐に襲われた。だが、嵐ははじまったときと同じように、唐突に終わった。

頭のなかに異質な映像が浮かびあがる。そのなかに、まるでかれの記憶からとりだしたような、見おぼえのあるものがあった。ヴィールス・インペリウムの残骸にとりかこまれた、太陽系の地球の映像だ。その残骸を暗黒エレメントがさらに激減させ、かつては強大だったヴィールス・インペリウムのわずかな残滓から、ヴィールス船がつくられ……

その一隻がヴィーロ宙航士ロナルド・テケナーの《ラサト》で……アラスカはそのヴィールス船の残骸の前に立っていた。

「乗員のヴィーロ宙航士たちはどうなったのだ、《ラサト》？」アラスカはこの発見にとまどっていた。ハイブリッドにとりこまれたヴィールス船の残骸が、遠くからかれとの精神的親近性を感じとり、かれの注意を引こうとしたにちがいない。

〈ジェニファー、デメテル、ほかにも……この近くで繁茂している……〉

アラスカはヴィールス船の精神の声が弱まっていることに気づいた。たぶん植物部分の異質な影響のせいだ。かれは急いで防護ヘルメットをかぶった。おかげで、いきなり襲ってきたプシ嵐にも耐ええることができる。

すぐにジェニファーとデメテルのハイブリッドを見つけださなくてはならない。ライニシュがそれを見つけ、刈りとって持ち去る前に！

＊

それは美しい花を咲かせた植物だった。太い茎から節くれだった気根のように細い枝が縦横にのび、もつれ合って枝分かれしている。そのなかからむらさき色の茎が伸びだし、チューリップに似た花をつけていた。花弁がまるで呼吸をするように脈動するリズムを刻んで動き、それらがこすれ合うたびに、ささやくような音が聞こえた。それを聞いたアラスカは、花が言葉を紡ごうとしているのだと感じた。

そんな花々のなかに、とりわけ優美な花がふたつあった。すらりとした少女がふたり、たがいに相手を守ろうと身をよせ合っているようにしか見えない。

河神ペネイオスの娘であるニンフのダフネは太陽神アポロンに追われ、追いつかれそうになって、月桂樹に姿を変えることでその手を逃れた……

そんなギリシア神話のエピソードが、ハイブリッドの前に立ったアラスカの脳裏をよぎった。現代のダフネはどんな神から逃げてきて、この花に変身したのだろうか？　エスタルトゥから？　進行役から？　しかもダフネはひとりではなく、ふたりいる。

ジェニファー・ティロンとデメテルだ！

アラスカは名を名乗り、こういった。

「きみたちなのか？　ジェニーとデメテルなら、そのことを知らせてくれ」

しばらく見つめていると、ふたりのからだが植物でできているのではなく、ただ植物におおわれているだけで、髪の毛のように細い蔓が毛穴から体内にもぐりこんでいるのがわかってきた。その蔓がふたりに養分をあたえ、排泄物を吸収しているらしい。また明らかに、生体をハイブリッドに適合させて変身をうながす物質を送りこんでいる。

デメテルとジェニーはどこまで人間なのだろう？

アラスカの心は震えた。

「全員に告げる！」突然、ライニシュの声がヘルメットの受信機から響いた。「選択を終えた。最終報告のため、《ヒヴロン》の前に集合せよ」

ライニシュが持ちだすハイブリッドを決めたということ。翻意させるのはむずかしいだろう。ハイブリッドをもうひとつ持ちだすリスクは冒したくないはず。時間がないのだ。進行役が気づいたら、《ヒヴロン》が逃げられないよう、対抗処置をとるだろう。その結果は明らかだ。かれら全員、ハイブリッドにされてしまう。

「全員に告げる！」またしてもライニシュの声がした。「最終報告のため、集合場所に向かえ」

進行役に疑われないよう、言葉を選んでいる。ライニシュが選んだのはデメテル＝ジェニファー・ハイブリッドではない。

アラスカは懸命に考えた。いまライニシュのところにもどったら、女ふたりを救うことはできない。侏儒のガヴロン人が適当に選んだ、だれとも知れないハイブリッドの持ちだしに協力することになるだけだ。どうしてこのハイブリッドではいけない？　ライニシュにとっては、どのハイブリッドであっても同じことだろう。

「アラスカからライニシュ」かれは反射的にヘルメット送信機で呼びかけていた。なにをいえばいいのかまでは考えていない。ライニシュがトロヴェヌールのオルフェウス迷宮で狩ったと思われる男ふたりの妻たちが融合したハイブリッドを見つけたと、報告するわけにはいかない。

「どうした、アラスカ？」と、ライニシュ。「どこにいる？　早くしろ！　予知者に割ける時間は、もうのこっていない」

「わたしはここからはなれられない」アラスカがいった。

「なにがあった？」

アラスカの額に汗が浮かぶ。一瞬の判断で、かれはヘルメットを脱いだ。デメテル＝

ジェニファー・ハイブリッドのインパルスが明瞭になるように。

「アラスカ！　くそ、わかるように報告しろ！」ライニシュの叫び声があまりにも大きくて、ヘルメットを脱いだにもかかわらず、はっきりと聞こえてくる。

「ジェニー！　デメテル！　合図してくれ！」かれは懸命に呼びかけた。

だが、返事はない。ライニシュに秘密が露見するリスクを冒すしかない……ジェニーとデメテルをもう救えないというリスクも。

あらためてヘルメットをかぶろうとしたとき、短いテレパシー・インパルスを感じた。

〈わたしたち、まだここにいるわ……シガ星人のことはだれも見てない……わたしたちのほか、スーザとルツィアンとチップがいる……〉

アラスカにはそれで充分だった。疑いは拭い去られ、すべての懸念はなくなった。

ヘルメットをかぶり、こう伝える。

「ライニシュ、なにかをいじってしまい、もとにもどせなくなった」

「なにがあった？」と、侏儒のガヴロン人。

「ハイブリッドに手を触れてしまった。意図を見ぬかれて……」

「ばかめ！　どこにいる？」

「船から五百歩たらずだ」急いでそう答える。「位置はわかるはず。急いでくれ。ハイブリッドが警報を出したら、万事休すだ」

ライニシュは悪態をつき、先をつづけた。

「いま行く。船を出す」かれは一連の命令を叫び、《ヒヴロン》にいるハトゥアタニたちを叱咤した。アラスカは背景の騒音から、全員が動きだしているらしいと思った。

「エルプがいない！」だれかが叫んだ。両ソム人のどちらかのようだ。

「どこで見かけた？」と、ライニシュ。

「プテルスを最後に見たときは、ハイブリッドをいじろうとしていた」

「あいつもか！」ライニシュが怒りの声をあげる。「おろか者にかまっているひまはない。ほうっておけ……」

ライニシュは黙りこみ、しばらくして、またアラスカに向かっていった。

「そこから動くな。そっちに行って、植物といっしょに船に収容する。ひとつはっきりさせておくぞ、アラスカ。きみは初陣で不合格だ」

それがどうした、と、アラスカは思った。重要なのはライニシュが餌に食いついたことだ。

アラスカは四つのメイン球体だけになったエルファード船がハイブリッドの藪から上昇していくのを眺めた。一瞬、ライニシュが自分を見捨て、ハイブリッドを乗せずにマジュンタから脱出するのではないかと恐怖する。だが、《ヒヴロン》は高度二百メートルほどのところで向きを変え、かれとハイブリッドの真上で静止した。

「吊りあげるぞ！」ライニシュの声が聞こえた。

アラスカは直感的にからだを前に投げだし、ぶあつい藪に突っこんだ。花が大きく後退し、すぐにもとにもどると、かれの手のなかに飛びこんでくる。まるで、かれとひとつになろうとするかのように。

衝撃がきた。くぐもった音が聞こえ、ハイブリッドが根こそぎ土から引きぬかれる。次の衝撃で、アラスカは胃が裏がえりそうになった。ハイブリッドといっしょに拘束フィールドにとらえられ、猛スピードで上空に引っ張りあげられたのだ。

目の上に貼りついた花を一瞬だけ引きはがすことができた。ハイブリッドごと、乗員用球体の荷物室に収容されるのがわかる。背後でハッチが閉じた。

花にふたたび視界を奪われる。

「完了！」またしてもライニシュの声がした。「さ、この植木鉢から脱出するぞ！　アラスカ、きみには最悪の事態が待っているがな！」

侏儒のガヴロン人の声は、女ふたりの声によってアラスカの心から押しだされた。ジェニファー・ティロンとデメテルはハイブリッドの葉を通してかれとコンタクトし、これまでのいきさつを話した。

十五年前、二隻のヴィールス船《ラサト》と《ラヴリー・ボシック》は惑星エトゥスタルから脱出した。かれらは暗黒空間領域をはなれたものと信じ、ロワ・ダントンとロナルド・テケナーのために助けを呼べると思っていた。だが、それは数ヵ月におよぶ放浪のはじまりで、最後に到着した場所がマジュンタだったという。そこにいたってようやく、すべて進行役のたくらみだったことがわかった。ヴィールス船二隻はハイブリッド・ドームに強制着陸させられ……終わりのない悪夢がはじまって、それはいまもつづいている。二隻はそれぞれ大規模なハイブリッドの土台にされ、進行役はそれを使って、コスモクラートに関する知識を深めようとした。ジェニーとデメテルと三名のシガ星人、コーネリウス・〝チップ〟・タンタルとスーザ・アイルとルツィアン・ビドポットは、まとめてひとつの植物と融合させられ、独自のハイブリッドになった。

〈不足するものはなく、きちんと世話されたわ。それに、大量の知識も流れこんできた。わたしたちにとっても、永遠の戦士に敵対するだれにとっても、きっとおおいに役だつ知識よ……〉

アラスカは消耗しきって気絶するように眠りに落ち、どれくらいたったころか、ライニシュに起こされた。

＊

「きみの独断専行はオルフェウス迷宮送りにも値いする」侏儒のガヴロン人はそういってアラスカを非難した。「どうせいずれ行くことになるんだ、むしろきみのためだろう」

アラスカはまだハイブリッドといっしょに荷物室にいた。

「もう安全なのか？」と、たずねる。

「暗黒空間からは離脱した。そういう意味でいっているなら」と、ライニシュ。パーミットを装着した手は見えなくなっている。「脱出路を確保しておいたのがよかった。ノードに設置しておいた妨害装置がプシオン防衛システムに影響をあたえ、進行役はわれわれを迎撃できなかった」

「それはよかった」アラスカはライニシュをにらみつけた。「なぜわたしを恨むのか、理解できない。ハイブリッドは手に入ったのだから、満足だろうに」

「結果はそうだが、経過が問題だ」ライニシュが冷たくいいかえす。「きみの独断専行で、比類なき計画がだいなしになるところだった。今後に悪影響もあるはず」

アラスカは申しわけなさそうにうなずいた。

「たしかに。自分の過ちは自覚している。わたしをどうするつもりだ？」

「名誉挽回のチャンスをあたえよう」ライニシュの口調がおだやかになった。「あのハイブリッドを採取したとき、なにを考えていた？　どうしてあれだったのだ？」

アラスカは肩をすくめた。

「ほんとうのことをいっても、信じてもらえそうにない」

「いいから話せ……ほんとうのことを！」

アラスカは一瞬も迷わなかった。もう虚言で切りぬけられないのはわかっている。手の内を部分的に明かすしかない。

「わたしはずっと、自分を冷徹で計算高い人間だと思ってきた。だが、実際には感傷的な愚者だったようだ。自分でもよくわからない。このハイブリッドを発見したとき、そのなかにわたしと同じ、もとヴィーロ宙航士がいるのがわかって、ほかにどうしようもなくなったのだ。きみにとっては、どのハイブリッドでも同じだろう。だったら、わたしの同族が変身したものを選んで、なにがいけない？　これがすべてだ、ライニシュ」

「たしかに愚者だな、アラスカ」ライニシュがいった。「その感傷のせいで、首を失うことになるぞ」

　アラスカはライニシュの変化を感じとり、策を弄しはじめた。

「決定はきみにゆだねる。だが、これは充分、役にたつと思う。意識を失う直前、ハイブリッドと短時間だけコンタクトできた。それによると、そこに統合されているヴィーロ宙航士たちは以前、惑星エトゥスタルにいたそうだ。超越知性体の心臓部に。これは利用できると思った」

「そのハイブリッドがエスタルトゥのもとにいたというのはたしかなのか？」ライニシュは明らかに興味を引かれている。

「たしかめる方法は知っているはず。なんのためのパーミットだ？　それをハイブリッドに見せて、殺害リストを見せるなりなんなりすればいい。ハイブリッドはきっと反応する。やってみる価値はあるだろう」

「自分の首を守るためなら、手段は選ばないか」

「きみはなんのために法典ガスを吸いこんだのだ？」アラスカがいいかえす。

ライニシュはすこし考えこんで、こういった。

「やってみる価値はあるかな？」

かれはパーミットのデフレクター・フィールドを切り、金属製の手袋をハイブリッドの前にななめに突きだした。指をかすかに動かして内蔵ホロ・プロジェクターを作動させ、殺害リストを表示する。

アラスカは緊張に息をのんだ。デメテル＝ジェニファー・ハイブリッドが映像に気づくことを期待するのみ……

〈ロワ！……ロン！〉

テレパシーのインパルスが強すぎて、アラスカとライニシュはひるんだ。

「いまのはなんだ？」ライニシュがとまどってたずねる。「きみの母語か？　なんといったんだ？」

「固有名詞だ」と、アラスカ。

「人名？」ライニシュは興奮をかくさなかった。「つまり、ハイブリッドに統合されているヴィーロ宙航士が、わたしの犠牲者を知っていたということか？」

「それはわからない」アラスカは嘘をついた。「なんにせよ、このハイブリッドに統合されているのは複数の女宙航士だ」

「ほう？」ライニシュはハイブリッドの人間成分の性別に関心がないらしい。「映像を逆再生してみよう」

「こんどはゆっくりだ」アラスカはこのあとの展開を楽観していた。

ライニシュはプロジェクションを逆順で再生し、ひとつの映像を数秒間、空中に静止させた……やがてロナルド・テケナーの順番になり、静観的な姿勢のスマイラーの姿がうつしだされる。口もとにはほかに類例のない、謎めいた笑みを浮かべていた。

〈ロナルド……ロン！〉

映像が変化し、マイクル・ローダンの姿があらわれた。ペリー・ローダンの息子であり、ロワ・ダントンとして銀河史にその名をのこす男だ。空中で身動きもせずにじっとしているように見える。

〈ロワ……ロワ、あなたなの？〉

「この男ふたりは何者だ？」ライニシュがハイブリッドにたずねた。

〈わたしたちの夫よ〉ジェニファーとデメテルのテレパシーが答える。〈ふたりはエト

ゥスタルにのこり、わたしたちはヴィールス船で助けをもとめにいった。ずっと昔のこと……〉

ライニシュは殺害リストを消し、満足そうに微笑した。

「運がよかったな、アラスカ。二重に運がいい。罰をまぬがれたうえに、カリュドンの狩りで名誉回復までできる」

「よくわからないな」アラスカはおろかなふりをした。「ふたりの死者が、わたしの名誉回復にどう関係するんだ？」

「あのふたりは死んでいない」と、ライニシュ。「かれらが惑星ヤグザンのオルフェウス迷宮に追放されたとき、わたしもその場にいたのだ。映像を作成し、ふたりを標的にして狩りをした。なんという狩りだったことか！　だが、かれらはつねにわたしの手を逃れた」アラスカを見つめる。「こんどは絶対に逃がさない。われわれでカリュドンの狩りに行き、かれらを捕まえよう。生かしたままで。そのあとこのハイブリッドに、不足している男性要素を付加するのだ。きみを連れていこうと思うが、どうだ、アラスカ？」

「それはありがたい！」アラスカは心の底から感謝した。

機会を見てどこかのネットステーションに行き、ローダンに報告するのが待ちきれなかった。

どうやってロワとロンを救出し、ふたりの妻とシガ星人たちをハイブリッドから解放するかについては、まだなんの腹案もない。それでもこのチャンスを得られたのは望外のよろこびだった。

銀河系の奇蹟

クルト・マール

登場人物

ボニファジオ・
　スラッチ（ファジー）………テラナー。《アヴィニョン》指揮官
ヴェエギュル…………………ブルー族。同メンター
メーガン・スール……………テラナー。同副メンター
メザー・シャープ
ベニータ・リッゾ　}……………テラナー。同乗員
アルモンド・メイス…………テラナー。《リングワールド》船医
ウィンダジ・クティシャ………エルファード人。ハンター旅団の指揮官

1

かれは無表情のまま、大型スクリーン上の色彩の乱舞を眺めた。回転し、爆発する星々や、銀河間の真空中で踊る輝くエネルギーの軌道が、目の前で揺らぎ、脈動する。だが、かれはそれらを認識していなかった。宇宙をプシ旅行者の視点で見ているから。映像は鮮やかで、息をのむほど美しい。ただ、ほかになにも見るものがないまま、二週間半ものあいだ毎日これがつづくと、さすがに飽きてしまう。

くわえて、〝ファジー〟ことボニファジオ・スラッチには芸術の鑑賞眼がない。宇宙がかれの前にさしだしたものは、かれにとっては芸術だった。

ヴィールス物質のシートにすわり、左手を肘かけに置いたその姿勢は、心中の不安を反映していた。右手で顎をなでると、ざりざりと音がする。ここ数日、髭（ひげ）を剃っていないのだ。

レジナルド・ブルに説得されてから十八日が経過した。あのときは一時的に理性を失っていたにちがいない。そうでなければボニファジオ・〝ファジー〟・スラッチが、自分の身に深刻な危険のおよぶ可能性がきわめて高い任務を引き受けるわけがあるか？　どんな悪魔にとりつかれて、四千万光年の距離をこえ、十三年間も行方不明の男を探すなどという任務を引き受けてしまったのか？

あのとき理性を失っていなければ、いまごろなにをしていただろうと考える。たぶん《エクスプローラー》に乗っていたはずだ。アブサンタ＝ゴム銀河をめぐり、謎めいたラオ＝シンのシュプールを探していただろう。そうなれば、なんと快適な生活だったことか。

なのにいま、かれは《アヴィニョン》の司令室にすわり、銀河系におけるエスタルトゥの奇蹟と出会うのを待っている。高速のヴィールス船はこの十八日間で全航程の九十パーセントを翔破していた。十五年前のあのとき、ソト＝ティグ・イアンはかれの奇蹟が宇宙の果てまでひろがると豪語したもの。戦士崇拝者は大言壮語する傾向があるとはいえ、大いなる灯火の〝グメ・シュジャア〟……戦士の鉄拳……がプシオン地平線に出現するのは、それほど先のことではない。

左手を肘かけからはなし、シートのクッションによりかかる。かれは周囲を見わたした。ヴェエギュルは自分の制御卓の前で身動きもしない。ヴィーロトロンが皿頭の上に、ちいさすぎる王冠のようにかぶさっている。後方の目がファジーを見つめているように見えるが、ファジーにはブルー族が前方の情景に集中しているとわかっていた。ヴェエギュルは《アヴィニョン》のメンターだ。能力が高く、船の最高性能をやすやすと引きだすことができる。

数メートルはなれてメーガン・スールがすわっていた。ファジーからは彼女のアッシュブロンドの髪しか見えない。髪はシートの背もたれに、柔らかな波のようにかかっていた。メーガンはこの数時間、身じろぎもしていなかった。たぶん眠っているのだろう。メンターが船を操縦しているあいだ、副メンターはなにもすることがない。

メーガンか。ファジーは彼女がシートにすわって居眠りしている姿を想像し、心のなかでにやりとした。メーガンは美人ではない。やや太りすぎで……〝ふっくら〟といわれている。顔立ちはととのっているが、紋切り型のととのい方だ。同じタイプのととのった顔立ちの女性はたくさんいる。よくそんな勝手なことがいえるな、と、ファジーは自嘲ぎみに考えた。おまえだってアドニスみたいな美少年というわけじゃないだろう。ただ、メーガンは情熱的で、口調も快活だった。

「うまくいけば……」ファジーはため息をついた。自分がどれほど孤独であるかを思い、自己憐憫(れんびん)の念が湧きあがる。ヴィールス船内では人間関係はすぐに生じ、同じようにすぐに消えていく。それでもスラッチはつねづね、それが性急すぎるように感じていた。

かれは身長は一・七メートルと小柄で、痩せ型だ。自然はかれに肩幅をあたえなかったかわりに、鼻を目立たせて埋め合わせた。その高さは人々の笑いを誘うほどで、口も異様に大きい。

そう、ファジーは女性が色めきたつようなタイプの男ではなかった。かれはその失望感を冗談にまぎらせて乗りこえてきた。他人を笑わせる道化となることで。だが、口が達者で機転がきき、いつも冗談で人を笑わせるファジー・スラッチは、心の奥底では孤独な男だった。

《アヴィニョン》の乗員は四十名、うち三十四名の男女がテラ出身だ。ほかにアルコン人の植民惑星出身者が四名と、ブルー族が二名いる。ファジーは乗員同士の付き合いに基本的に口は出さなかったが、かれの知るかぎり、メーガンはだれとも親しくしていなかった。

やってみる価値はあるかもしれない。

「見ろ」そのとき、ヴェエギュルが声をあげた。「大いなる灯火が見えてきた」

＊

《アヴィニョン》が進行方向の拡大映像を表示すると、銀河系の巨大な渦巻きがあらわれた。渦状肢がはっきりとわかり、回転運動も目に見える。色は中心部の鮮やかな深いブルーから、グリーン、黄色、オレンジ色をへて、渦状肢の先端はぎらつく赤に染まっていた。それを見て、ファジーは目眩（めまい）をおぼえた。巨大な炎の車輪が息をのむような速度で回転している。一回転に二秒もかかっていなかった。プシ空間には独自の描画技術が存在する。時間と空間の意味が通常宇宙とは異なるのだ。数億年の時間の流れが、数秒から数分で描写される。

「どこだ？」渦巻く色彩に目が慣れると、ファジーはたずねた。

「中央の部分よ」と、メーガン・スール。

同時にファジーもそれを見つけ、がっかりすることになった。ソト＝ティグ・イアンの宇宙標識灯と聞いて、もっと華々しいものを想像していたから。銀河系の中心部に輝く点があって、回転する炎の車輪よりも速く色を変化させている。色のスペクトルのすべてにわたって輝いているものの、大きくひろがった光のしみ以上の存在ではなかった。大きさもせいぜい銀河系の直径の二、三パーセントだ。

「こんなものか？」ファジーがいった。

「銀河系に急角度で接近していることを忘れています」《アヴィニョン》が指摘する。「現在のコースは銀河平面に対して七十五度の角度でほぼ真上から接近しているため、標識灯が俯瞰（ふかん）的に見えているのです」

「映像を回転させて」メーガンが要求した。「銀河系を横から見られるように」

映像が動きだす。銀河系がかたむいていき、ふたたび静止すると、大きく盛りあがった中心部を細い一本の線が横切っているだけになった。ソト＝ティグ・イアンがつくったエスタルトゥの奇蹟がよくわかる。それは銀河系の中心に高くそびえていた。柱のような軸が伸び、末端は大きくふくらんでいる。目測に習熟したファジーの見立てでは、巨大な標識灯の高さは銀河系の直径の十分の一に満たないくらい、八千光年といったところだろう。

かれは魅せられたように、うつり変わる色を見つめつづけた。それはあまりにも強烈で混乱を誘い、長く見つめていると、奇妙な構造物が銀河系の円盤の上で跳ねているように見えてきた。

「まるでこぶしね」メーガンが重々しくつぶやく。

ファジーは目をなかば閉じて標識灯を見つめた。たしかにそうだ！　柱状の軸の部分は突きあげられた下腕の一部で、太くなったところは握りこぶしのように見える。

「グメ・シュジャア」ヴェエギュルがいった。「〝戦士の鉄拳〟だ」

「この映像にはほかにも、わたしたちにとって重要なものがうつっています」船の声がいった。「見えませんか？」

かれらは目を凝らしたが、三十秒ほどで三人とも降参した。なにも見えない。

「映像を五倍に拡大します」船がいった。

スクリーンが拡大し、銀河系の映像も大きくなる。

「グリーン以外の色をすべて消去します。それで見えるようになるはず」と、《アヴィニョン》。

派手な色彩の色合いが薄れ、グリーンだけがのこる。それまで赤や黄色やブルーにかくされていたプシオン・ネットのラインがはっきり見えるようになった。ほかにもなにかある。銀河系の星々のあいだに、べつのラインが見えた。だれかが適当に配置した長い毛糸のように、だらりと無造作にひろがっている。プシオン・ネットのラインよりも細く、色はくすんだグリーンだ。

ただ、《アヴィニョン》が見せたかったのはそれではなかった。最初に気づいたのはメーガンだった。

「ネットが！」彼女は叫んだ。「ネットが……とぎれてる！」

不透明な黒い薄膜が銀河系をつつみこんでいるように見えた。中央部がふくらんだ円盤を、まるで皮膚のようにおおっている。プシオン・ネットのラインはその表面で断ち切られたようにとぎれていた。一方、くすんだグリーンの細い毛糸のようなラインは、その〝皮膚〟の下にものびている。

ファジーは咳ばらいした。

「われわれ、こんなこともあると予想していたのではないか？　ソト＝ティグ・イアンが奇蹟をつくる主目的が、プシオン・ネットの〝継ぎ当て〟にあることはわかっていた。NGZ四三二年以降、ヴィーロ宙航士が銀河系にこられなくなった理由がそれなのだから」

「そうかもしれない」ヴェエギュルの甲高い声と慎重なしゃべり方は、独特のコントラストをなしていた。「だが、われわれにとっての問題は、この……死のゾーンを、どうやって乗りきるかという点だ」

「距離はどれくらいあるの？」メーガンがたずねる。

「平均五百光年です」船の声が答えた。

ヴェエギュルとメーガンがファジーを見る。かれは遠征指揮官であり、決断するのが仕事だ。《アヴィニョン》には二種類のエンジンが搭載されている。プシオン・ネットのラインに沿って超光速航行するためのエネルプシ・エンジンと、通常空間でもっとも光速に近い速度が出せるグラヴォ・エンジンだ。通常空間を移動する場合はアインシュタインの法則にしたがうことになる。《アヴィニョン》ならグラヴォ・エンジンで五百光年の距離を問題なく翔破できるし、乗員の体感時間もたいしたことはない……光速に近づくほど時間の経過が遅くなるから。だが、地球をはじめ銀河系内の惑星の時計では、そのあいだに五百年が経過してしまう。

ジュリアン・ティフラーはチャヌカーで起きたことの報告を、そんなに長く待っていられないだろう。

「プシオン・ネットはどこかで銀河系内とつながっていないのか？」ファジーが絶望的な質問を投げかける。

「わたしの知るかぎり、そのような場所はありません」船が答えた。

「星々のあいだの毛糸のようなラインはなんだ？」

「ソト＝ティグ・イアンが自分のために銀河系内につくった、人工的な代用プシ・ネットのラインと考えられます。シオム・ソム銀河の凪ゾーンにもプシオン・ネットの代用品があったでしょう。あれは紋章の門同士をつなぐフィールド・ラインでしたが」

「その代用ネットを使って航行できるか？」

「たぶん。もっと近くから観察する必要があります。ここから見るかぎりでは、プシオン・ネットのラインとは周波が異なるだけのようです」

「どういうこと？」メーガンがいらだったようにたずねる。「だったら、結局は使えないじゃない」

ファジーが制止する。かれはまだ最後まで考えていなかった。

「ジュリアン・ティフラーはヴィーロ宙航士を見捨てていない」どうしてそんな確信が持てるのだろうと、自分でも不思議に思う。「われわれのうち、ひとりかふたりは銀河系に帰還すると信じているはず。ただ、ヴィールス船はプシオン・ネットがないと身動きできない。スティギアンの奇蹟が行く手を阻んでいる」

スティギアン……それはソト＝ティグ・イアンにつけられた呼び名で、〝地獄からきた者〟を意味する。ファジーは手をうしろで組み、せわしなく行ったりきたりした。

「ティフラーなら、この状況でどう行動する？」と、口に出して考える。「障害があっても、ヴィーロ宙航士を銀河系内に導き入れる方法を考えるだろう。かれは高速のメタグラヴ船を持っていて、これにはグメ・シュジャアの影響はおよばない。だが……ヴィーロ宙航士たちに、どこに向かうのかを伝える必要がある」

まわれ右をする。考えを口に出したことで、結論を得ることができた。アイデアが浮かんだのだ。

「球状星団だ！」と、叫ぶ。「黒い境界層の内側か外側に、球状星団が存在しないか？」

「ほとんどは内側です」船が答えた。「ただひとつ、銀河系の主平面からもっとも遠い位置にあるものだけが、境界層の外側になります」

「そのほかにも、はるか外側の銀河ハロー内に孤立した恒星があるだろう」ファジーはアイデアをさらに追究した。「惑星のある孤立した恒星。ティフラーはそのどこかに、われわれに情報を提供するための基地を建設したはず。賭けるか？」

かれはメーガンの目の前で足をとめ、いきなり顔をあげてそうたずねた。彼女は驚いて、一歩後退した。ファジーが不器用な笑みを浮かべると、メーガンはとまどいながら笑い声をあげた。

「いいえ、賭けないわ。たぶんそのとおりだと思うから」

ヴェエギュルも同意した。

「たしかにありそうだ」

ファジーは芝居がかったしぐさでメンターの制御卓をしめした。

「では、さっそくとりかかろう」

＊

その後の二日間は緊張が高まりつづけた。銀河系の最前線のどこかに送信機があり、帰還したヴィーロ宙航士に進むべき場所をしめしているという仮説は、《アヴィニョン》の乗員におおむね受け入れられた。強力な送信機ではないはず。もしそうなら、とっくにソト＝ティグ・イアンに発見され、破壊されているだろうから。

受信範囲のちいさい、微弱な送信機を探さなくてはならない。銀河ハローのどこにいても信号を受信できるとは思えない。ヴィーロ宙航士の帰還を待ち受けるなら、どこに送信機を設置するだろう？　エスタルトゥの力の集合体から銀河系に接近するコース沿いと考えるのが自然だ。

この問題に関して何時間も議論がつづいた。多くの者は、微弱な信号ができるかぎり妨害されないよう、送信機は星々のまばらな領域にあるはずという見解だった。またべつの者は、大型球状星団のはずれなど、目立つ場所に設置するはずと考えた。妨害要因は多くなるが、帰還したヴィーロ宙航士が手がかりをもとめて銀河ハロー全体を捜索するとは思わないだろうから、わかりやすい場所を選ぶはず。

船が支持したのは後者の見解だった。《アヴィニョン》は暫定的な目的地として、かみのけ座セクターの球状星団NGC5024を選んだ。

ファジーは議論のあいだおちつかなかったが、不安を表に出すことはなかった。いまはとにかく、どこかにあると思える送信機を探すしかない。プシオン・ネットとソト＝ティグ・イアンの代用ネットのあいだの間隙(かんげき)をこえる方法を見つけないかぎり、銀河系には到達できないのだ。

だが、ほんとうに送信機など存在するのか？　ファジーはそう思わずにいられなかった。NGZ四三二年なかごろに情報が途絶する以前、新ソトの支配に対する抵抗組織が銀河系で結成されたことはわかっている。組織は〝有機的独立グループ〟と名乗り、略してGOIと呼ばれている。ジュリアン・ティフラーはGOIに所属し、責任ある地位についていた。

《アヴィニョン》に乗るヴィーロ宙航士四十名の希望はそこにかかっている。だが、もしGOIがもう存在しなかったら？　ティフラーがもういなかったとしたら？　その場合、チャヌカーについて報告する相手がいないのだから、任務を完了する必要はないのだと考えても、なんのなぐさめにもならない。ファジーは任務をはたしたいのだ。アブサンタ＝ゴム銀河にカルタン人らしい者がいきなりあらわれたという報告に興味をしめす者がどこかにいるという、希望にすがりつきたかった。抵抗運動はまだつづいているはずだ。この十三年でソト＝ティグ・イアンが銀河系全域を服従させたなどとは考えたくなかった。

ファジーは戦いを好まない。べつの方法で目的を達成する。言葉や、取引や、買収で。ときにはぺてんや、純然たる詐術も使う。ヴィーロ宙航士になったのは冒険に憧れたからだ。毎日のようにあらたな種族と遭遇し、そのメンタリティを研究しなくてはならない場所では、自分のような人間が必要になると信じて。かれはメンタリティに関する知識が豊富だった。

だが、エスタルトゥでの生活が思い描いていたものと違うことはすぐにわかった。永遠の戦士にはすぐにでも背を向けて、故郷に帰りたかった。冒険というのは、あまりにも不確実だから。ただ、故郷は……記憶にあるとおりの状態であってほしい。ソトも、ウパニシャドも、法典もいらない。思いどおりに生きたいだけだ。

それがかれの望みだった。だからこそかれの魂は、ジュリアン・ティフラーがまだ生きていて、GOIも存続していて、ソトがまもなく厄介ばらいされるという希望にしがみついていた。

＊

議論が終わり、《アヴィニョン》はNGC5024にコースを定めた。人工重力が船内の上下を定義し、銀河系主平面と平行に移動するあいだは、渦状肢の星々の群れの〝上〟を飛行していると感じる。

船のあらゆる測定装置がフル作動していた。プシ通信とハイパー通信の全周波が監視され、数十台のモニターに受信状況が表示される。探知機も総動員された。プシ空間では通常空間とは比較にならないほど重要になる光学観測が、空間をすみずみまでカバーした。

銀河間の揺らめく空間に、球状星団の星々の集まりが虹色にきらめくシャボン玉のように浮かびあがってきた。その表面で光のスペクトルが絶え間なく変化している。ときおり、銀河ハローに向かってシャボン玉のなかから輝くものが噴水のように射出され、数秒で消えていった。球状星団のなかの星々はつねに動きつづけている。新星が瞬間的に燃えあがり、自身のなかに沈んでいく。

球状星団の彼方には、宇宙にそびえる戦士の鉄拳が見えた。近くから……三万五千光年を〝近く〟といっていいのかどうかはともかく……見ると、じつに印象的な光景だ。

プシ回線は沈黙していた。プシ通信の信号はプシオン・ネットのラインに沿って伝わる。銀河系からのプシ通信はまったくなかった。黒い境界層という〝溝〟がすべてをのみこんでしまうから。ハイパー通信のほうはそれなりに感度があった。ハイパーカムが受信する内容は二種類に分類できる。日常的な些末な連絡と、ソト政権による公報だ。前者は船の動きや、恒星間のエネルギー嵐の強さなどを伝える。公報の内容は、たとえば以下のようなものだった。

「法典守護者ネスフレムの立ち会いのもと、銀河標準時NGZ四四六年一月十三日、あらたなウパニシャド学校がアンタレス星系の惑星パッサに設立され……」

銀河ハローはしずまりかえっていた。星のまばらな空間からはプシ通信の信号も、ハイパー通信の信号も入ってこない。弱い光をはなつ赤みがかった恒星がいくつかあるが、それらは宇宙の初期の数十億年を記憶しているくらい古いものだ。ハロー内には銀河系種族の集落や居住地や入植地もあったが、たとえいまも存在しているとしても、それらは黙りこんでいた。

ハローと銀河系の境界に存在する球状星団のどれにも、とくに変わったことはなかった。M－3は黒い境界層の直下で寂しく孤独に輝いている。そこからとどくのはハイパー通信のインパルスだけだろう。ただ、指向性アンテナは宇宙の背景ノイズの定常的な雑音をひろっている。ファジーの脳裏にひらめくものがあった。ポルレイターを味方につけてソトに対抗するのも、名案かもしれない。

M－13があるのは、黒い溝の彼方にある空間のさらに奥になる。そこからもハイパーエネルギー性の信号はまったく出ていなかった。かつてアルコン帝国の中心だった巨大な星団は沈黙している。

《アヴィニョン》が接近しているNGC5024は銀河系主平面から六万四千光年はなれた、境界層の外にある。ファジーは人類やそのほかの銀河系種族が、かみのけ座の方角にある星団に向かったという話を聞いた記憶がなかった。かれの歴史の知識自体は微々たるものだが、ヴィールス船のアーカイヴにも、ギャラクティカム種族がNGC5024を訪れた記録は見あたらない。

ヴェエギュルはメンターの制御卓の前に、いつもどおり彫像のように硬直してすわっていた。ヴィーロトロンをかぶって、船の精神と対話しているのだろう。ヴィーロトロンは脳から直接、思考を読みとる。手で触れて目で見ることができるものを相手にするのが好きなファジーには、ブルー族の姿がいささか不気味に思えた。ヴェエギュルは専門家で、《アヴィニョン》とのあいだに誤解を生むことはめったになかった。巨匠が楽器を演奏するように船を操縦できるといっていい。

今回はメーガンも眠っていなかった。忙しく機器を操作している。ファジーは自分がよけいな存在であるかのように感じ、シートからからだを押しだした。横になってひと眠りしようと思ったのだ。だが、二歩も進まないうちに、背後からヴェエギュルの声がした。

「感度あり！　ハイパーカムの信号を受信！」

＊

しずかな司令室内に銃声のような音が響いた。

……たん、たん、たん……たららら……たん、たん……がたがた、しゅうしゅうと音がして、信号音が中断する。ファジーは両手で耳をふさいだ。すぐに通信システムが自動的に音量を調整する。干渉はしばらくつづき、やがてまた信号が聞こえてきた。

ファジーは二日前のメーガンの言葉を思いだした。秘密の送信者がモールス信号を使ったとしても驚かない、と、いったのだ。どうやら彼女が正しかったらしい。ファジーはほっとした。かれらに道をしめす送信者はたしかに存在する。

「解読できるか？」

メーガンは首を横に振った。

「いまのところまだ。干渉が強すぎて。いずれにしても、テラの暗号じゃないわ」

「測探に興味があるようでしたら、信号の発信ポジションは星団と戦士の鉄拳のあいだ、四分の三あたりです」《アヴィニョン》が報告した。

「解読は？」と、メーガン。

「作業中です」船が答えた。「銀河系には古いものから新しいものまで、千五百種類以上のモールス信号が存在します。干渉が強いので、かんたんではありません」

「もっと接近してみよう」ファジーが提案した。

メーガンが驚いた顔でかれを見て、制御卓に向きなおり、たずねた。

「この提案に反対の意見は？」

「基本的には賛成です」と、《アヴィニョン》。「戦士の鉄拳のエネルギー構造を解析しました。きわめて安定していて、透明性も高いものです。予想外の出来ごとが起きるとは考えにくいでしょう」

ファジーはヴェエギュルの問うような視線を受けとめた。

「ほかに方法はない」と、無言の質問に答える。「だれも道をしめしてくれなければ、銀河系にはたどりつけない。送信者がなにを伝えようとしているのか、知る必要がある」

ヴェエギュルは七本指の手でヴィーロトロンの位置を直した。船になにを命じたのかはわからなかったが、《アヴィニョン》はコースを変更した。ＮＧＣ５０２４のことはたちまち忘れて。

＊

ヴィールス船はプシ空間をあとにした。

彼方に銀河系の黄白色の光の絨毯がひろがっている。巨大な島宇宙の中心部は個々の星を見分けることなどできず、白っぽいブルーに輝く高温のガス塊のようだ。そのどこかに銀河系の核である巨大ブラックホールが存在する。白熱したガス雲からは膨大なエネルギーがつねに噴出していた。

ソト＝ティグ・イアンの宇宙標識灯が白い壁のように《アヴィニョン》の前方にそびえている。船がプシ空間をはなれると、ソトの記念碑はそれほど威厳があるように見えなくなった。宇宙に浮かぶ白い染み、直径十三・五光年の円盤にすぎない。戦士の鉄拳はプシオン・エネルギーでつくられている。ソトがそれをつくりだしたときには、一時間とかからずに銀河系中心部から成長したはず。だが、それが発する光は通常宇宙の法則にしたがうしかない。電磁波が伝播する以上の速度は出せないということ。

《アヴィニョン》は標識灯のなかばくらいの高度、銀河系主平面から四千光年ほどの位置に浮かんでいた。

謎の送信機の捜索はかんたんではなかった。《アヴィニョン》が目的ポジションに向からと、信号がいきなりとだえたのだ。その後ふたたび受信できるようになったときには、発信位置が変化していた。どうやら送信機は宇宙船に搭載され、宇宙標識灯の周辺空間を高速で動きまわっているらしい。おかげで捜索はさらに困難になった。当然の用心だが。送信機は動きまわることで敵の追跡をかわしやすく、よりひろい空間に信号をとどけることができるようになるから。

　送信機を追いかけるのは間違いではない。ただ、ファジーが懸念するのは、戦士の鉄拳の白い壁に徐々に近づいている点だった。かすかに光る構造物はいかにも不気味に思える。だが、送信機は容赦なく、数分間信号を発しては半時間ほど沈黙し、べつの場所から送信を再開した。コードの種類はすでに特定されていた。アラスの古いモールス信号で、長音と短音に長い空白と短い空白を組み合わせて構成されているため、解読がむずかしい。さらに困難を大きくしているのは、いっこうに低減しない雑音だった。ヴィールス船の懸命の努力にもかかわらず、送信機にはさほど接近できていない。信号の大半は雑音にかき消されてしまっていた。時間がたっても事態は好転せず、むしろ悪化していった。戦士の鉄拳、グメ・シュジャアは、ハイパーエネルギー・スペクトルの全波長域にわたってインパルスを放射している。《アヴィニョン》が送信機の二、三光年以内まで接近できても、宇宙標識灯の散乱放射も増大するため、相殺されてしまうのだ。

　いまのところ、船が解読できたのは単語ふたつだけだった。送信された文章はインターコスモで、解読できたのは……〝すべてのヴィーロ宙航士〟……これはまちがいない。信号はエスタルトゥの力の集合体からもどってきた者たちに向けられている。だが、ファジーにとっては、司令室の中央に表示された巨大なホログラムの半分近くを占拠する、白い壁のほうが気になっていた。そこから強力な手が伸びてきて、《アヴィニョン》につかみかかるのが目に見えるようだ。

最新の計算によると、船は最後に信号が発信されたポジションのすぐ近くにいることになる。ただ、しばらく前から信号がとだえているので、次に受信したときは、これまでと同じように、発信源から数十光年はなれてしまっているだろう。

ファジーは飛びあがった。突然、雑音のまったくない、クリアな信号が入ってきたのだ。急いで二歩でヴェエギュルの制御卓に近づき、送信内容を確認しようとする。

「測探」と、《アヴィニョン》。「距離〇・三光年……」

ファジーはかっとなった。

「内容だ！　内容を、早く！」

「お望みのままに」まるで船が気分を害したような声だった。「……ヴィーロ宙航士よ。暴君と戦う者を歓迎する。きみたちもこの戦いに参加することを望む。たどるべきコースは……」

その瞬間、ファジーの悪い予感が的中した。ただ、標識灯の白い壁から伸びてきたのは手ではなく、ハイパーエネルギー・フィールドだった。超光速でひろがってくるので、目には見えない。ヴィールス船をはげしい振動が襲った。ファジーは足をとられ、いきなり急斜面になった床の上を転がっていった。

船内に悲鳴が響く。装置類は固定具から引きちぎられ、あちこちに投げだされた。ファジーは苦労して起きあがった。壁と床の角に押しこめられ、床が目の前に切り立った崖のように迫っている。

司令室の中央にあるホログラムははげしく明滅していた。銀河系の星々が炎の輪舞を踊っている。標識灯の白い壁がふくらんで亀裂が生じ、そこから青白い炎が噴出する。船が縦横に揺さぶられ、ファジーは手足を突っ張ってからだを支えた。傾斜した壁に手をついて這い進み、開いたハッチにたどりついて、縁に指をかけることができた。どこからか声が聞こえてくる。騒音はひどかったが、かろうじて内容が聞きとれた。

「……船を制御できなくなりました……搭載艇の使用は勧められません……きわめて強力なパラメカ性引力……対策は……」

船の声だとわかった。《アヴィニョン》が乗員に状況を伝え、助言しようとしている。だが、いま耳を貸せる者がいるだろうか？

なにか大きくて四角いものがファジーのほうに飛んできた。かれはぎりぎりで跳びのく。箱は開いたハッチを通って、派手な音とともに通廊の壁に激突した。衝撃で粉砕された破片が弾丸のように四方に飛び散る。

ファジーは急角度にかたむいた床に身を投げ、よじのぼりはじめた。前方のどこか、さまざまなものが散乱したなかに、メーガンの姿があった。彼女を助けようと、二メートルほど這いあがる。そのとき、またしても衝撃が船を襲った。胃が迫りあがる。《アヴィニョン》は倒立していた。急峻な絶壁が、いきなり奈落に変わった。ホログラムはグレイ一色だ。ファジーは意識の奥のどこかで、船がもう通常宇宙にいないことを感じとっていた。そのとき、足が滑った。なにかかたいものにぶつかり、一瞬、意識を失う。

あたりが暗くなった。照明が消えている。絶え間ない爆発音、破壊音、衝突音に、鼓膜が破れそうだ。手探りでなにかの角をつかみ、からだを引きあげた。船が揺れる。なにか柔らかく温かいものがぶつかってきた。手を伸ばしてそれをつかむ。

「メーガン……?」

大声で呼びかけたが、自分の声さえほとんど聞こえない。ふたつの手がかれのコンビネーションをつかんだ。耳もとでメーガンの声が聞こえ、息づかいが感じられた。

「ファジー……なにが……?」

安全な場所を探さなくては。かれはそう意識した。破片が飛んできてもだいじょうぶなかくれ場が必要だ。メーガンのからだをつかんで引っ張り、あいているほうの手で障害物を手探りする。やがて、どうにか方角を見定めることができた。頭上にあるのはメーガンの制御卓だ。その奥のどこかに、隣りの小部屋に通じる通路があるはず……《アヴィニョン》が落下し、ファジーの足が床からはなれた。無重力状態だ。それでもメーガンのからだをつかんだまま、蹴って移動できるような、なにかしっかりしたものに当たらないかと足を動かす。気がつくとからだが回転していた。なんとかしてとめないと、どうにもできない。

消えたときと同じように突然、重力がもどってきた。ファジーは落下しながら、メーガンのからだに腕をまわした。強い衝撃があり、ふたりぶんの肉体の重さで肺から空気がたたきだされた。頭がなにかかたいものにぶつかる。

かれは気を失った……

2

意識がもどったとき、自分がどこにいるのかわからなかった。なにか柔らかいものの上に横たわり、からだの上にはかすかに光る、淡いブルーの表面が見えた。光はその内側からきているようだ。

視界に顔が見えてきた。芳香のある柔らかい髪が頬をなでる。唇の上に唇の感触があった。

メーガン！

涙が一滴、鼻に落ちてきて、耐えられないほどの痒みを感じた。腕をあげ、かぐわしい髪の女性を押しやる。上体を起こそうとすると、爆発のような大きなくしゃみが出た。衝撃のあまり痛みがはしる。その痛みで記憶がよみがえった。

メーガン・スールが寝台のはしに腰をおろしている。その顔には涙が流れていて、ボニファジオ・〝ファジー〟・スラッチは不思議に思った。どうして泣いてるんだ？　なかば上体を起こした体勢のまま、メーガンに笑みを向ける。それだけで口が痛かった。

「どうしたんだ、メーガン？」と、たずねる。

ファジーは自分の声の響きに驚いた。やすりをかけるような、ざらざらした声だったから。しゃべると喉が痛い。

メーガンは涙を拭（ぬぐ）った。懸命に冷静をたもっているようだ。

「《アヴィニョン》はカタストロフィを生きのびたわ。戦士の鉄拳が船をある種の渦に巻きこんで、銀河系内に引きずりこんだの。死者二名、重傷者六名。六名のうちのひとりがあなたよ。医師にいわせると、生きてるのが奇蹟ですって」

「そうか、生きてるんだな」ファジーがなんでもないことのようにいう。「新品になった気分だ」

言葉を強調するかのように両腕を伸ばし、頭上にあげてみせる。痛みはあるものの、耐えられないほどではなかった。

「重力がもどったときは五Gを超えてたわ」と、メーガン。「あなたはわたしをしっかり捕まえたまま、わたしの下敷きになるように落下した。そのとき、それだけじゃたりないっていうように、ヴェエギュルの制御卓がはずれて、横からあなたを直撃したの」

「おおう」ファジーはうめいた。「どうりで全身が痛いわけだ」

メーガンの目がふたたび潤んでくる。

「ファジー」彼女の声はすこし震えていた。「あなたがいなければ、わたしはもう生きてなかった」

一瞬とまどったものの、ファジーはすぐに理解した。メーガンの落下の衝撃を、かれが受けとめたのだ。肺から空気がたたきだされた瞬間を思いだす。かれがメーガンの下敷きになったから、制御卓も彼女ではなく、ファジーを直撃したわけだ。

がっかりだった。彼女にキスされたとき……なにが起きているのかほとんど理解できなかったとはいえ……夢がかなったと思った。だが、それは愛情のこもったキスではなく、たんなる感謝の印だった。キスで感謝をしめし、涙もたぶん、かれのおかげで生き長らえることができた安堵の涙だ。

「いや、そんなことというな」と、かれはたしなめた。「わたしが引っ張っていかなければ、きみに危険はなかったかもしれない」

メーガンはかれが内心で一歩引いたのを感じとったようだった。

「いいえ、それはないわ」ゆっくりとかぶりを振る。「あなたがわたしを抱きとめたとき……」

ファジーは彼女の手をつかもうとした。

「いまはやめよう、メーガン。たのむから。きみがぶじでよかったし、わたしもすぐに起きられるようになるだろう。いまはもっと重要なことがある。ここはどこだ？　船の状態は？　ヴェエギュルはどうした？」

メーガンはファジーの視線を避けて顔をそむけた。ふたたび正面に向きなおったとき、涙のシュプールはもうなかった。おちついたようすで、淡々と報告する。

ファジーは自分の失態で、夢の実現が遠ざかったことを悟った。

＊

「ダメージはかなり甚大です」《アヴィニョン》の声がいった。「ただ、航行に影響する部分の修理は終了しました。当面は船内生活の快適さが低下するでしょう。予想では、修理が最終的に完了するのに、あと二週間ほどかかります。ですが、先ほどいったとおり、現在すでに航行することは可能な状況です」

ファジーはいつものシートにおさまり、できるだけ楽な姿勢をとっていた。医療ロボットは退院を渋ったが、かれが憤激したため船が介入することになり、無理をしないという条件で医療センターから解放された。まだからだのあちこちが痛むものの、傷は明らかに快方に向かっている。

不幸な事態から二日半が過ぎた。デジタル・カレンダーはNGZ四四六年一月十八日をしめしている。司令室には状況説明を聞こうと、十数名の乗員が集まっていた。深刻な雰囲気だ。グメ・シュジャアとの接触により、テラナーとアルコン人のヴィーロ宙航士各一名が死亡している。

「現在ポジションはどこだ？」ファジーがたずねた。

「銀河系中心部から北西に二万光年です」と、船が答える。「中心部のすぐ近くに実体化したので、独自の判断である程度の距離をとりました」

「〝スティギアン・ネット〟は航行が可能なんだな？」と、ファジー。

疑念をたたえた視線がいくつか、かれの上に注がれた。その呼び名は医療センターで思いついたものだった。あらたなソトはスティギアンと呼ばれている。だったら、かれが用意したネットをその名前で呼んでなにが悪い？

「銀河系内の代用ネットのことをいっているなら、そのとおりです」船が答える。「はい、航法メカニズムを微調整するだけですみました」

「航行中、異状はなかったか？」

「ありません。ただ、ひとつおかしな観測結果がありました。スティギアンのプシ空間を航行中、一連のプシオン通信インパルスが頻繁に記録されました。通信内容は解読できていません。情報内容がなにもないようなので、無視することにしました」

ファジーは面食らった。信号が解読されて、内容がわかっていればよかったのだが。しかし、《アヴィニョン》にできなかったなら、ほかのだれがやっても同じだろう。あの事故のせいで、すこし疑心暗鬼になっているのかもしれない。かれは通信のことを頭から追いはらった。かすかな不安はのこっていたが。

よけいなことを考えているひまはない。重要なことに集中しなくては。周囲を見わたすと、だれもが口を閉じ、じっとかれを見つめていた。なんと、かれの判断を待っているのだ！　このボニファジオ・〝ファジー〟・スラッチの判断を。かれがこれまでについた最高の地位は、くじけることのないレジナルド・ブルの副官だというのに。

「事故当時の状況は？」と、質問する。

「はっきりしません」船が答えた。「事故かどうかもよくわかりません。パラメカ性の渦に巻きこまれ、標識灯のなかに引きずりこまれました。標識灯はプシオン・エネルギーでできており、スティギアン・ネットと接続しています。船は銀河系内に引きこまれ、スティギアン・ネットの一ラインに吐きだされました。そのさいに船にかかった負荷は、純粋に機械的な部分のみでも最大許容応力の千パーセントを超えていました」

「それはつまり……」

「全員、間一髪で死ぬところだったということです」船がいった。

「ほんもののプシオン・ネットとスティギアン・ネットはつながっているのか？」

「標識灯を通してという意味では、そのとおりです。ただ、この方法で銀河系に突入しようとする者には、事前に警告すべきでしょう。わたしは二度とやりたくありません」

「事故かどうかわからないといったな。どういう意味だ？」と、ファジー。

「わたしたちが追いかけていた送信機は、実際にはソトの勢力がしかけたものだった可能性があります。エスタルトゥにいるヴィーロ宙航士のことを知っているのは、ジュリアン・ティフラーとＧＯＩだけではありません。帰還したヴィールス船を罠に誘いこむため、スティギアンがしかけたとも考えられるのではないでしょうか？　あの渦ならどんな宇宙船も、もちろんヴィールス船も破壊できると計算していたのでしょう」

「だが、そうだといいきる根拠もないのでは？」ファジーが反論する。

「はい、ありません。送信機は実際にＧＯＩのもので、パラメカ性の渦はちょうどわれわれが標識灯に接近したとき、偶然に生じた可能性も同じだけあります」

それもまた確実ではない。ファジーは欲求不満を募らせた。ほんとうにソトが《アヴィニョン》を標識灯のパラメカ性の渦に誘いこんだのなら、船がもくろみどおり、完全に破壊されたかどうかをたしかめにくるはず。《アヴィニョン》がそれなりにぶじだと判断されたら、そのときは……

「ニュースだ」と、ファジー。「どんなニュースが流れている？」

「とくにおかしなものはありません」船が答えた。「プシ回線はソト政権の公式発表だらけで、ハイパー通信のほうは相いかわらず、どうでもいいものばかりです」

ファジーにはふたつの選択肢があった。必要なのは情報だ。積極的に情報を得るため、テラに飛んで聞きこみをするという手もある。ＧＯＩがいまも活動しているかどうか、地球で聞けばわかるだろう。あるいは消極策をとり、このまま通信を傍受しながら必要な手がかりが得られるのを待つこともできる。後者のほうが安全なのはいうまでもなく、ファジーにとっては安全こそが最優先だ。《アヴィニョン》は銀河系の情勢がわかる程度に近く、敵の影響力がおよばない程度に遠い場所に、居場所を見つける必要がある。

NGZ四三二年の時点で、まだブルー族国家はあらたなソトに頑強に抵抗していた。スティギアンはいまもってブルー族を制圧できずにいるかもしれない。その場合、銀河イーストサイドのどこかに身をひそめるのが最善ということになるだろう。《アヴィニョン》が受信した通信からは、イーストサイドの現状がどうなっているのか、よくわからなかった。ソトに支配されている送信者はそんな話題に触れようとしないし、ブルー族の通信はこんな遠くまでとどかない。いまいるポジションは、ブルー族の中心世界の主星フェルトから五万四千光年以上はなれている。

やってみる価値はありそうだ。

ファジーは顔をあげた。目の前にメンターのヴェエギュルが立っていた。皿頭をわずかに前傾させ、考えこむようにファジーを見つめている。

「きみの故郷に行くか、ヴェエギュル」ファジーは立ちあがった。「フェルト星系にコースを設定しろ」

＊

ゆっくりした旅だった。スティギアン・ネットはもつれ合い、何重にも結び目ができている。ヴェエギュルはなんとか《アヴィニョン》の速度をあげようとしたが、船は頑として応じなかった。

「忍耐です。まず、あたりのようすを確認しないと」

《アヴィニョン》は頻繁にプシ空間を出て周囲を探査した。装置類は常時作動しつづけ、ヴィールス船の軌道周辺のスティギアン・ネットをできるかぎり地図化していった。やがて明らかになったのは、一見するとランダムなネットの配置が、じつはそうではないということだった。スティギアン・ネットは人工的に構築されたもので、ソト＝ティグ・イアンはプシオン・エネルギー・ラインが必要なところにひろがるように意図している。おかげで銀河系内の活動の中心も容易に識別できた。その付近にネット・ラインが集中し、巨大な結び目を形成していたから。地図を見れば、ソトが足場をかためた領域とまだ掌握しきれていない領域が一目瞭然だ。すくなくともファジーは、船が要求に応じて表示したプロジェクションを見て、そう解釈した。銀河系中心部の向こう側、イーストサイドでは、スティギアン・ネットはまばらになり、エネルギー・ラインの数もすくなくなっている。ブルー族国家の中心世界はプシオン交通網から完全にはずれていた。

ファジーの回復は順調だった。医療センターですごした二日間のあいだに空腹をおぼえていたので、以前にもまして、キャビンに近い自動キッチンでしばしば食事を調達するようになった。ただ、そこで手に入る食糧の多くは、かれの好みに合わないものだった。ちゃんとした料理をつくるメカニズムが事故の影響を受け、まだ修理できていなかったのだ。

その日、四度めの間食……船内のべつの場所では昼食の準備ができていたのだが……を出したさい、不満が爆発した。かれは悪態をつきながら、代用目玉焼きがグリーンに色を変えるのを見つめた。ただ、平皿からたちのぼる香りはとても食欲をそそる。

不機嫌に考えこんでいると、インターカムから呼び出し音が流れた。すくなくとも、呼び出し音のはじまりの部分と勘違いしてもしかたのない音だ。六つの音で構成され、それが何度かくりかえされる。しばらくじっと聞いていたファジーは、それに合わせてちいさく鼻歌をうたった。ド・ミ、ド・ファ、ド・ソ……そのくりかえし。

「なんだこれは?」と、かれはたずねた。

「気にいった?」メーガンの声が返ってきた。

「悪くない」と、ファジー。「このあとはどうつづくんだ?」

「つづかないわ。これが船のいってたプシオン通信インパルスよ。解読もできず、情報内容もない。また受信するようになったので、音声信号に変換してみたの」

「どんな意味なんだ?」

「なんともいえないわ」と、メーガン。

「送信元を特定できないか?」

「無理。それが不思議なの。このインパルスはまるで反響するみたいに、プシオン・ラインのなかを行ったりきたりしてる」

「ふむ」と、ファジー。「きみはどう思う?」

「不安になるわ」メーガンがいった。

「どうして?」

「これはなにかの暗号で、応答をもとめられてるんじゃないかと思うから。スティギアン・ネットを管理してるのはソトよ。ネットの利用者は身元を証明しなくちゃならないのかもしれない」

ファジーはふたたび不安が高まるのを感じた。銀河系の現状はほとんどわかっていない。無力感をおぼえたが、それを表に出すわけにはいかなかった。かれはこの任務のチーフなのだ。

「通常空間に遷移するまでの時間は?」

「あと四時間よ」

「なんとか乗りこえないとな」意味深長な言葉ではあったが、メーガンにはなんのなぐさめにもならなかった。

しかもそんなことは、瞬時にどうでもよくなっていた。ファジーの言葉が終わるか終わらないかのうちに、警報が鳴りだしたのだ。

＊

《アヴィニョン》は二千隻以上の艦船を探知していた。永遠の戦士の護衛部隊が使う半球艦のほか、エルファード人の球体船も一隻いて、スティギアン・ネットの一エネルギー・ラインを高速で飛翔してくる。そのラインは《アヴィニョン》が進んでいるラインと交差していた。だから船が警報を鳴らしたのだ。

パニックは瞬間的に過ぎ去った。ソト艦隊の標的は、このヴィールス船ではないだろう。数が多すぎる。二千対一だ。それでも、《アヴィニョン》が気づかれずにすむとは思えなかった。

艦隊はヴィールス船よりもずっと早くネットの交差点を通過し、たちまちスティギアン・ネットの奥に消えていった。その先はイーストサイドだ。ソト＝ティグ・イアンがまさにこのとき、強大な艦隊をブルー族の領域に送りだした意味はなんだろう？　大攻勢が目前に迫っている？　長期的に見ればスティギアンにとって、銀河系内の広大な領域がかれの支配に抵抗しつづけるというのは、あってはならないことだ。抵抗を必要以上に長引かせるのさえ、法典に違反する。ソト＝ティグ・イアンは銀河系の全種族を自分の臣下とみなしていた。

ファジーは警報と同時に司令室に急いだ。船が以前と同じように表示した地図で、敵艦隊が通過したエネルギー・ラインを検証する。まばゆく輝く青白い光点が恒星フェルトの位置をしめしていた。エネルギー・ラインはそこから八百光年のあたりを通っている。フェルトにもっとも近いラインだ。そのことに意味があるのだろうか？　ソト＝ティグ・イアンはブルー族領域の中心で、なにかはじめようとしているのか？

《アヴィニョン》は二千隻を超えるソト艦隊が消えていった交差点に接近した。のんびりした航行に見えるが、通常宇宙の地図を見ると、光速の三千万倍の速度で移動しているのがわかる。ホログラムには銀河イーストサイドの星々が、プシ空間独特の燃えるような色彩で表示されていた。スティギアン・ネットを航行中の映像も、プシオン・ネットで見るものと大きな違いはない。スティギアン・ネット・ラインの色が淡いグリーンに見える程度だ。《アヴィニョン》の後方には光のスペクトルのあらゆる色で、スティギアンの偉大な記念碑、戦士の鉄拳が輝いていた。

音が聞こえ、ファジーは立ちあがった。低く反響するチャイムのような音だ。第二音、次いで第三音……ドン……ディン……ドン……ぜんぶで六音だった。ド・ミ、ド・ファ、ド・ソ。なにが起きているのかわからない。同じ音なら以前にも聞いたが、とくに印象にはのこらなかった。だが、いまは身震いしている。死のメロディが頭を貫く。

一連の音が速度をあげてくりかえされる。ドン・ディン、ドン・ディン、ドン・ディ

ン。ヴェエギュルがかれのほうを見た。とまどっているように、

「これはプシオン通信インパルス……」と、いいかける。

「それはわかっている」ファジーは鋭くいいかえした。「この音の意味は、まだわからないのか？」

「正確には音じゃないわ」メーガンが慎重に指摘する。「わたしたちが音と解釈してるだけ。お望みなら、聞こえないようにできるけど」

ファジーは軽く手を振った。

「いや、このままで……」

みな、なにも感じていない！　なにが起きるかわからないのだ。脅威を感じたのはかれだけだった。ドン……ディン……さらに速くなっている。音がファジーの意識のなかで響きわたり、一音ごとにはっきりと、迫りくる凶運が感じられた。

「遷移だ！」かれは叫んだ。「ただちに遷移しろ！」

ヴェエギュルは一瞬ためらった。ファジーの命令が不合理に思え、したがうべきかどうか迷ってしまったから。だが、かれが心を決める前に、《アヴィニョン》から報告があった。

「遷移は不可能です」船の声がいう。「プシオン操縦系統が異質な影響を受けて上書きされ……」

短く鋭い衝撃が船を襲った。ホログラムが明滅する。プシ空間の色鮮やかな輝きが消え、冷たく白くきらめく通常宇宙の星々があらわれた。

＊

ファジーは硬直していた。唇は動くものの、言葉が出てこない。わけがわからなかった。さっき《アヴィニョン》が遷移不可能といったのに、いまいるのは……理解できないまま映像を眺める。無数の星々が清澄でおだやかな光をはなっていた。プシ空間ではない。見えている星々はブルー族の勢力圏のものだ。

「なにが……どうなってる？」ようやく声が出た。

「いまの遷移はわれわれが実行したものではありません」船の声がした。「遷移を強要されたのです。気をつけて！　近くに未知宇宙船が複数、存在します」

未知船自体は見えなかった。宇宙の闇のなかで、通常の光学モニターに宇宙船を表示するのは不可能だ。

《アヴィニョン》はべつのモニターを投影し、探知機のデータを表示した。六個の光点がうつしだされる。五個は通常の光度だが、ひとつだけ、とてつもなく大きな物体をしめす強い光をはなっている。

地獄のような六音の連続がやんでいることに、ファジーははじめて気づいた。メーガンのいうとおりだったらしい。あの信号に正しく反応しなくてはならなかったのだ。

「あいつらとは関わりたくない。ここから脱出しないと」

「そうはいかないでしょう」と、《アヴィニョン》。「エネルプシ・エンジンは故障しています。グラヴォ・エンジンは使えますが、それで向こうを出しぬけるとは思えません」

ファジーは身震いした。背筋に冷たいものがはしる。外にいるのは何者だ？　ヴィールス船のエンジンを使い物にならなくするとは。

「宇宙要塞一八五より異宇宙船」聞きおぼえのない声が響いて、ファジーはたじろいだ。

「きみたちは無許可で戦士の道を使用した。身元を明かせ」

「こちらは宇宙船《アヴィニョン》」船の声がすぐさま応答した。「自家用船で、所有者はボニファジオ・スラッチ。出発地のトゥクマンから、目的地のサルウェンに向かっています」

そんな名前の世界が存在するのかどうか、ファジーは知らなかった。主導権は船が握っている。それでよかった。かれが未知の相手の質問の矢面に立ったら、どう答えていいかわからなかったろう。

「トゥクマンもサルウェンも聞いたことがない」と、相手がいう。「真実を語っているのかもしれないが、賢明なるソトの名において、調査する必要がある。要塞にドッキングせよ」

ファジーは冷たい手で心臓をつかまれた気分だった。なんとか切りぬけようと、懸命に方法を探す。逃げるのは論外だ。ソト護衛部隊の通常武装の五隻と交戦しても、《アヴィニョン》がおくれをとることはないだろうが、その三光秒先には宇宙要塞がひかえている。探知データはすでに相手の姿を描きだせるまでになっていた。未知技術で建造された宇宙船が五隻と、一辺が一キロメートルを超える巨大な立方体が表示されている。外殻は無数の凹凸におおわれ、その要塞が圧倒的な火力を有していることはかんたんに推測できた。

状況は絶望的だ。ソトの部隊に手かげんは期待できない。《アヴィニョン》が抵抗したら、砲門を開くだろう。そうなれば船は乗員ともどもおしまいだ。要塞の火力が相手では、ヴィールス船の突破不可能なバリアも役にたたない。

《アヴィニョン》がかれのかわりに発言した。

「要請に応じます。ただ、抗議するとともに、この件についてはソトに苦情を申し立てます」

「その言葉はわれわれを侮辱している」と、返事があった。「文句をいうのは勝手だが、わたしはここに大いなるソトの名代として、全権をゆだねられて立っているのだ」

《アヴィニョン》が動きだし、適度な加速で宇宙要塞の巨大な立方体に接近していった。

ファジーの視線は《アヴィニョン》の正面にそびえる巨大なグレイの壁に釘づけだった。遠方からは立方体に見えた要塞も、近づくともう、全体が視野のなかにおさまらなくなる。金属の表面にはドームや塔、直方体や円柱や円錐が無秩序に乱立し、なかには高さが数百メートルに達するものさえあった。ひとつの目的に特化したもの特有の、筆舌につくしがたい乱雑さだ。

暴力的な印象はまぬがれようがなかった。ファジーは開いた巨大なハッチが画面の中央に移動し、徐々に近づいてくるのを見守った。まるで貪欲な怪物の輝く口のようだ。《アヴィニョン》は両脇を、宇宙空間で待ち伏せしていた五隻のうちの二隻にかためられていた。小型の敏捷（びんしょう）な機体で、要塞周辺の作業に限定して使われるらしい。

ヴィーロ宙航士には情報がすべて伝えられている。船内は平穏だった。ファジーは抗法典分子血清がきちんとかくされていること、その場所は偶然の助けがないかぎり、知らない者には見つけられないことを確認していた。抗血清はイルミナ・コチストワがネットウォーカーの拠点である基地惑星サバルで生産したものだ。レジナルド・ブルが一定量を入手し、一部を《アヴィニョン》にも配分した。この貴重な物資が三キログラム近くかくしてある。そのほかに、各乗員は五グラムのアンプルを二本ずつ所持していた。

＊

この抗血清があれば、ソトや永遠の戦士が部下を服従させるために利用する法典ガスの幻覚作用や中毒性から、身を守ることができる。

《アヴィニョン》がハッチを通過し、ひろく明るいエアロックに入った。背後でハッチが閉じ、エアロック内に呼吸可能な空気が満たされた。前方でべつのハッチが開く。さっきの声がふたたび聞こえてきた。

「ゆっくり前進して、マークした場所に着地しろ」

ヴィールス船は風船のようにゆっくりと前進し、第二のハッチを通過した。格納庫はエアロックよりも格段にひろかった。奥には要塞の内部に通じる通廊の開口部がいくつか見える。かたちも機能もさまざまなロボットが格納庫の奥の壁ぎわに浮遊していた。

着地ポイントにはまばゆくきらめくマークが浮かんでいる。《アヴィニョン》はちいさな衝撃とともに着地した。またしても未知の相手の声が聞こえてくる。

「下船しろ。ロボットが出迎える。抵抗はするな。船を爆破しようとしたら、きびしく対処する」

ファジーはあたりを見まわした。司令室の外の通廊に男女が集まり、出口に向かっている。かれは無言でうなずいて、メーガンとヴェエギュルにそのまま進むようながす。かれ自身はその場で足をとめ、船に向かっていった。

「幸運を祈っていてくれ。なにが起きるか、見当もつかない」

「幸運だけではたいした助けにならないでしょう」と、船が応じる。「注意力と観察眼が必要になるはず。それが発揮できるよう祈っています。全員のために」

ファジーは通廊に出た。前方にメーガンとヴェエギュルも、最後の乗員たちといっしょにエアロックに入るのが見えた。そのあとについていく。不安に押しつぶされそうだ。ふたたび《アヴィニョン》を見ることができるかどうかさえ、定かではなかった。

＊

かすかに光るエネルギー・バリアの向こうにいたのは一テラナーだった。シャント戦闘服を着用している。ウパニシャド学校の修了者だ。身長二メートルの、鍛えぬかれたスポーツマンのような偉丈夫だった。ブロンドの髪を短く刈りこみ、冷たい目でファジーを見つめている。その目の色は不自然なほどのブルーだった。

バリアは殺風景(さつぷうけい)な部屋全体を貫いている。透明で、遮音性があることはすぐにわかった。ファジーは唯一の武器として麻痺銃を携行していたが、なんの役にもたたないことは確実だった。

バリアの前には左右に一体ずつ、半球形のロボットが浮かんでいた。一見無害そうだが、こちらがなにかひとつでも間違いをおかせば、瞬時に武器が火を噴くにちがいない。ファジーにとってはばかげた状況だった。バリアの向こうの相手はなにを恐れているのだろう？

「わたしはラスマー・ドゥンという」男がいった。外見に似合わない、甲高いがらがら声だ。《アヴィニョン》で聞いた声はインターコスモを話していたが、男はソタルク語を使った。「大いなるソトに仕える法典顧問だ。きみの名前を聞こう」

ファジーは相手が話し終えたのを確認するため二秒ほど待ち、インターコスモで答えた。

「なんといったのかわからない」

ブロンドの男の顔に嘲笑が浮かんだ。

「わかった、そっちに合わせよう」と、インターコスモでいう。「ほんとうに戦士の言語を知らないのかどうか、すぐにわかる。名前は？」

「ボニファジオ・スラッチ」

「ふむ。きみがあの船の所有者か？」

「そうだ」

「どうやって入手した？」

「購入した」

「だれから？」

「名前はもうおぼえていない。価格ならわかるが」

ラスマー・ドゥンは価格に興味がないようだった。二メートルの高みからファジーを見おろし、こういった。

「持ち物をぜんぶ出せ」

ファジーはこの要求を予想していたが、唯々諾々としたがうつもりはなかった。

「なぜだ？　わたしの所有物だぞ。理由を……」

ブロンドの男とロボットがどうやって意思疎通しているのかはわからなかった。いずれにせよ、言葉は介していない。一ロボットが低い音をたてたとたん、ファジーは衝撃を受け、全身の筋肉が動かなくなった。棒のように床に倒れる。衝撃は一瞬で、長引くことはなかった。

「立ちあがって、いわれたとおりにしろ」と、ブロンドの男。

ファジーは急いで立ちあがり、両手でポケットのなかのものをとりだしはじめた。

「そんな面倒なことはしなくていい」ドゥンがいった。「持ち物をぜんぶといったろう。衣服も持ち物だ」

ファジーは信じられないという顔でかれを見た。

「脱げ！」ドゥンがいらだったようにいう。

「いや、だが、それは……」

ふたたびロボットが低くうなり、ファジーはまたしてもその場に倒れた。今回はそうかんたんには回復せず、衝撃は長引いて、ようやく立ちあがっても節々が痛んだ。

「時間のむだだ」ドゥンが憤然という。「まだぐだぐだいうなら、あとはすべてロボットにまかせる」

ファジーは逆らっても益はないと判断し、コンビネーションを脱いだ。だが、ドゥンはまだ満足しなかった。

「のこりもぜんぶだ」

やがて、ファジーはブロンドの巨漢の前に裸で立っていた。脱いだ衣服が床に乱雑に散らばっている。ポケットのひとつには五グラムの抗血清のアンプルがふたつ入ったままだった。

「いわれたとおりにしたぞ」と、ファジー。「こんどはこっちの質問に……」

「質問するのはわたしだけだ」ドゥンがいった。「当面、きみにはもう用がない」

かれが勢いよく手を振ると、二体めのロボットが動きだした。滑るようにファジーに接近する。ファジーは半球形のボディから把握アームがのびてくると予想した。捕まると思ったとき、実際に起きたのはまったくべつの事態だった。

ロボットが光りだしたのだ。光はさらにひろがり、高さ二メートルのドームを形成した。光がファジーをつつみこむ。目に見えない力につかまれて、かれは悲鳴をあげた。一瞬、転送機を使用したときのような軽い痛みを感じる。あたりが暗くなり、すぐにまた明るくなった。肌がひんやりと感じる。ラスマー・ドゥンとロボット二体とエネルギー・バリアは消えていた。そこは寝台がふたつあるだけのちいさな細長い部屋で、天井は白く光っていた。目が痛くなるほどの明るさだ。

部屋は幅が二メートル、奥行きが五メートルほどあった。寝台は壁の長い側に沿って平行にならべられ、あいだは四十センチメートルほどしかあいていない。ドアはどこにも見あたらず、空気は新鮮だが寒かった。

ファジーは疲れて、打ちひしがれた気分だった。寝台のひとつに横たわり、片腕を枕にして目を閉じる。

これで人生も終わりか、と、かれは思った。

3

物音が聞こえ、ボニファジオ・〝ファジー〟・スラッチは起きあがった。

目の前にメンターのヴェエギュルが立っていて、かれにうなずきかけた。その目にはなんともいえない表情が浮かんでいる。

「だから寝台がふたつあったのか」と、ファジー。「この快適な設備をふたりで使えってことだな」

ブルー族の口から笛のようなさえずりが漏れた。絶望の表現だ。

「二度と解放されないだろう」と、ヴェエギュルが嘆く。

「そんなことはないと思うが」と、ファジー。「どうしてそう思うのか、訊いてもいいか?」

「あのテラナーのくそ……」

ファジーは片手をあげ、ヴェエギュルを黙らせた。

「まずは、友よ、なぜわれわれがいっしょにされたのかを考えてみるんだ。孤独のあまり、頭がおかしくならないようにか？　われわれの精神の健康を心配したんだと思うか？」

ヴェエギュルはとまどいの表情を浮かべた。だが、やがて理解したようだ。視線がなにもない壁に沿って動く。

「そういうことだ」と、ファジー。「われわれ、会話をすることが期待されている。ぜんぶ筒抜けだと思っていいだろう。だから悪口はひかえたほうがいい」

ファジーにとって、ヴェエギュルがブロンドのテラナーをどう呼ぼうと、そんなことはどうでもよかった。ただ、向こうに知られたくないことをブルー族が口ばしってしまう前に、警告しておく必要があっただけだ。

「感謝する」と、ヴェエギュル。「あのテラナーは恐ろしい。怒らせたりはしたくない」

「どんなことを話していた？」ファジーがたずねる。

「イーストサイド全域を封鎖するといっていた。大いなるソトは、ブルー族の領域への大攻勢を計画している。そのため、われわれの違反行為は重大なものになるそうだ」

ファジーの脳内をさまざまな考えがよぎった。ソト＝ティグ・イアンはイーストサイドへの大攻勢を計画している。ブルー族を攻撃？　思いだすのは、《アヴィニョン》がプシ空間から要塞の近くに無理やり遷移させられる前にちらりと見えた、二千隻を超える大艦隊だ。あれが大攻勢の一端なのだろうか？

疑問はほかにもあった。

「きみが話をした相手はラスマー・ドゥンだな？」

「ああ、そう名乗っていた」と、ヴェエギュル。

「わたしとはほとんど話をしなかった。どうしてきみには計画を打ち明けたのだろう？」

ヴェエギュルは細い頸を前後に動かし、皿頭をはげしく揺らした。

「わからない」

ファジーにはある程度、想像がついた。ブルー族は明らかに、いまだにソト＝ティグ・イアンに反抗している唯一の大規模集団だ。敵はその反抗を圧殺しようとしている。計画の内容はわからないが、第五列を使うことは充分に考えられた。ソトに忠誠を誓うブルー族の部隊を、ガタス人やアパソス人やテントラ人など、ブルー族各軍の指揮系統のなかにまぎれこませ、内部から弱体化させる。ソトに味方するブルー族が増えるほど、スティギアンは計画を実行しやすくなるはず。だからここではブルー族が優遇されるのだろう。

法典顧問のラスマー・ドゥンがヴェエギュルと話をしたのもそのせいにちがいない。ファジーはこの状況をなんとか利用できないかと考えた。当初の絶望感は消えていた。

宇宙要塞の牢獄で人生を終えることになると、本気で思っているわけではない。
かれは懸命に計画を練った。

＊

時間の感覚はなくなっていた。まばゆい照明がずっと点灯しているのだ。室内は寒く、ファジーは摂氏十六度と見積もった。ヴェエギュルはファジー以上に、この低い気温に苦しんでいた。ガタスは温暖な世界だから。ふたりとも運動をしてからだを温めたが、それには体力を使う。こんどは空腹と渇きと疲労がかれらをさいなんだ。ときどき寝台の上で横になり、半時間から一時間ほど眠ることもあったが、充分な睡眠はとれなかった。寒さで目ざめてしまうのだ。

ふたりは時間をつぶすため、無言の意思疎通方法を考案した。基本は昔のテラのモールス信号で、数千年前から使われているものだ。たがいに手を握ったり、指で押したりして信号を伝え合う。長点と短点を間違わないよう、それぞれにべつの指を使った。そのうちにやり方も徐々に進化し、略号や特殊な信号も使うようになった。たとえば、握りこぶしひとつで《アヴィニョン》を、ふたつで宇宙要塞を、ひろげた片手で要塞の全乗員をしめす、といったふうに。ラスマー・ドゥンを意味する信号もあった。おや指とひとさし指で輪をつくり、のこりの指をひとさし指に強く押しつける。威圧的な法典顧問をあらわすのにふさわしいものだ。

ふたりが意思疎通していることはかくしようがないものの、観察者には話の内容まではわからない。

やがてファジーが熱を出した。低い気温に抵抗すべく、からだが備蓄を総動員して体温をあげたのだ。ファジーはかなりの時間、譫妄(せんもう)状態におちいった。幻覚と悪夢じみた影に悩まされたが、その後どうやらおちつきをとりもどす。肉体を酷使したため、かなり弱っていた。汗をかいたせいで、さらに寒く感じる。かれは弱ったからだで一連の運動をこなし、なんとか体温の低下を遅らせようとしたが、両足はもう感覚がない。ヴェエギュルがかれになにか伝えるためには、力をこめて強く手を押さなくてはならなかった。ファジーの指先はすっかりかじかんでしまっていたから。

スクワットを連続してこなし、冷たい壁にぐったりとよりかかる。絶望感がこみあげてきたが、それでもかすかな希望がかれを支えていた。《アヴィニョン》を宇宙要塞に収容したのは、乗員をゆっくりと凍死させるためではないだろう。ラスマー・ドゥンたちは、なんらかのかたちで囚人を利用するつもりにちがいない。

メーガン・スールはどうしているだろうと自問した。やはりこんな寒い部屋に閉じこめられているのか？　メーガンの健康状態のことなど、これまで考えたことがなかった。こんなあつかいに耐えられるだけの体力があるだろうか？　単調な虜囚(りょしゅう)生活に、彼女の精神は持ちこたえることができるのか？　メーガンのことが心配で、いても立ってもいられなかった。

おさえこんでいた絶望がとうとう爆発し、かれは顔をあげると、肺が破れそうな大声で叫んだ。

「こんちくしょう！　死ぬまでほったらかしておくつもりか？」

近くでばたんと音がした。なにかかたいものがファジーの脇腹にぶつかる。かれはバランスを崩して転倒した。手をついて膝立ちになり、壁にできた開口部を見つめる。なかからトレイのようなものが迫りだしてきた。上にふたつの容器がのっていて、湯気があがっている。ちいさく殺風景な部屋のなかにいいにおいがひろがり、ファジーは一瞬で絶望感を忘れた。

「食事だ！」と、叫び声をあげる。「食べ物が出てきた！」

＊

容器はからになり、トレイの上にもどされた。それが壁のなかに引っこむと開口部も消え……いったいどこが開いたのか、いくら見てもわからなくなった。

食事はたっぷりしたものだった。空腹だけでなく、喉の渇きもおさまっている。いつものファジーなら、明るいグレイの粥(かゆ)には手もつけなかったろう。だが、疲弊した肉体は栄養をもとめていて、ファジーは容器の中身をむさぼり食った。

全身に温かさがひろがっていくのを感じる。冷えきっていた細胞に熱がもどってくるようだ。みすぼらしい部屋のなかをまるではじめて見るように見まわし、皮肉っぽくこういう。

「すぐにもっと大きな問題が生じるだろうな」

ヴェエギュルが問うようにかれを見る。

「衛生問題だ、友よ」と、ファジー。「大腸や膀胱をからにする必要が生じたら、部屋のすみに行ってくれ」

ヴェエギュルは答えない。ファジーは寝台でじっとしていられなかった。食事をしたことであらたな力が湧きあがり、なにかしたくてしかたがない。かれは立ちあがり、壁の前まで歩を進めた。思いついたことがあったのだ。もちろん、天井に向かって叫んだから食事が出てきたと思うほど単純ではない。それでも、もう一度やってみる価値はありそうだった。

「おい、そこのやつ！　これからどうするつもりだ？　われわれがなにをした？　降参するまでここに閉じこめておく気か？　わかった、もういい、降参する！」

正直、反応があるとは期待していなかった。だが、驚いたことに、数秒後には声が返ってきた。天井のどこかから、床が震えるほどの力強い声が響いたのだ。言葉はインターコスモだった。

「捕虜のボニファジオ・スラッチは前に出ろ」

　ファジーはとまどって周囲を見わたした。

「前ってどこだ?」

　突然、壁にまばゆい光円錐が生じた。それが大きくなり、ファジーのほうに近づいてくる。あとずさりしようとしたが、抵抗できない力がかれをとらえていた。ファジーは引っ張られるような転送痛を感じた。

*

　ファジーは手荒く投げだされた。一メートル以上の高さから落下して、うめきながら立ちあがる。周囲を見まわすと、薄暗い空間にいるのがわかった。壁が薄闇のなかに消えていて、ひろさはよくわからない。頭上のドーム天井が淡い黄色の光をはなっているが、その光はあまりにも弱く、前の部屋のまばゆい照明に目が慣れていたファジーには、自分の両手さえよく見えないくらいだった。

　薄闇のなかで、徐々にもののかたちがわかるようになる。台座のようなものがあった。三段のひろい階段がそこにつづいている。台座の上には大きな、玉座のようなシートが置かれていた。シートは翡翠(ひすい)を切りだしてつくったかのような、独特のグリーンの輝きをはなっている。そこにすわっているのは……

ファジーは息をのんだ。氷のように冷たい手に背中をなでられた気分だ。そんなものは見たことがなかった。ひと目で心が恐怖でいっぱいになる。その姿は細身で、身長はファジーと同じくらいだ。ただ、かれをぞっとさせたのは、その大きさでもかたちでもなかった。そのからだの色彩……より正確には、色彩の完全な欠如だった。その未知者は純粋な白に輝いていた。ファジーの目が薄闇に慣れるほど、ますます強く輝くように見えてくる。

なによりも不気味なのは、その目だ。三角形の眼窩におさまっていて、色は白……眼球も、虹彩も、瞳孔も区別がつかない。その視線は硬く、死んだようで、それでいてファジーには、この未知者が裸の自分の姿を、細部にいたるまで認識しているのがわかった。

白い未知者は身動きしない。ファジーは最初の衝撃を克服し、細部に目を凝らせるようになった。形態そのものは、エスタルトゥの力の集合体に居住する一種族、プテルスである。永遠の戦士、ソトとその進行役、ウパニシャド学校の十段階の訓練をすべて終えた上級修了者であるパニシュの多く……かれらはすべてプテルスだ。頭部はトカゲで、目の上に骨質の隆起があり、口吻がくちばしのように突きだしている。口は大きくてかたい頬骨にはさまれ、顎と額は大きく後方に引っこんでいる。

未知者は無毛で、裸だった。両肩をうしろに引いて胸を突きだし、二本の腕と二本の脚のせいで疑似ヒューマノイドに見える。腕はまるで筋肉と腱だけでできているかのようだ。皮膚に相当するものはない。

〝玉座〟の近くにはロボットが三体ひかえていた。すべて違うタイプだ。一体は高さ八十センチメートルの半球形で、継ぎ目のない滑らかな表面にはメタリック・グレイの光沢がある。二体めは高さ百二十センチメートルの円錐形で、底面の直径が四十センチメートルほど、ブルーのポリマーメタル製に見える。三体めは一辺が八十センチメートルの立方体で、真鍮色の金属素材でできている。どんな機能のロボットなのか、見ただけではわからなかった。ただ、白い未知者は全裸で、なんの装備も武器も身につけていない。たぶんロボットは護衛だろう。

薄闇に目が慣れてきて、ホールのひろさがわかった。直径三十メートルの円形ホールだ。壁に沿って小部屋がならび、ファジーには機能の見当がつかない装置類がおさまっている。どの小部屋にも、なかば浴槽、なかば長椅子といった感じのものが設置されていた。なんに使うのかさっぱりわからない。ファジーは野戦病院を連想し、不安をおぼえた。

そのとき、未知者が話しはじめた。

「きみがボニファジオ・スラッチだな」

質問ではなく、断定だった。力強く響く声はソタルク語だ。ファジーはすでに、戦士の言語がわからないふりをするのはやめようと決めていた。いったいどんな利点がある？　《アヴィニョン》がエスタルトゥの力の集合体からきたことを、ずっとかくしとおせるものでもないだろう。

「ああ、わたしがボニファジオ・スラッチだ。で、あなたは？」

「おろかな言語の使用をやめてくれてうれしい。法典顧問はきみがソタルク語を話せないふりをしているといっていた。どうして気が変わった？」

　ファジーは肩をすくめた。

「そっちが知ってることを、かくしても意味がないからな」

「なるほど。そう考えてくれてよかった」白い未知者の賞讃に、ファジーは一瞬だけ、その白い目のなかに本心があらわれたのを感じとった。「時がきたら、いまの賢明な言葉を思いだすといい。わたしはウィンダジ・クティシャだ」

　ファジーは身震いした。その名前はソタルク語で〝凶悪ハンター〟という意味だったから。かれは平然としたようすをよそおった。

「なにを狩るんだ？」と、たずねる。

「法典の叡智に反抗する者たちを」凶悪ハンターが答えた。「ソトがかれらにとっての最善だけを考えていると理解できず、だまされている者たちを。戦士の道を許可なく利用する者たちを」

「われわれのことか」と、ファジー。「ネットを使ったのは、われわれの船がほかの方法では移動できなかったからだ。許可が必要だとは知らなかった」

「それは理解している」と、ウィンダジ・クティシャ。「だが、ファアタ・ジェシは大いなるソトじきじきの命令で戦士の道を管理し、許可なく飛行する船を拿捕している。そのために、ネットの重要なノードに一万二千ものフェレシュ・トヴァアルを設置しているのだ……ここと同じような宇宙要塞を。ここは第一八五要塞になる」

どうしてそんなことを説明するんだ、と、ファジーは疑問に思った。いやな予感がする。ファアタ・ジェシはソタルク語で〝忠誠者の旅団〟を、フェレシュ・トヴァアルは同じく〝道の番人〟を意味する。ハンター旅団の存在は、ウィンダジ・クティシャが言及しても秘密を漏らしたことにならないくらい、銀河系でよく知られた事実なのだろうか？　それとも、捕虜がこのことを他言できないと確信しているから話したのか？

「規則に違反したことは反省している」と、ファジー。「われわれは法典の叡智に反抗する者ではない。目的地までの通行許可を出してもらいたい。そのあとは、二度と許可なく戦士の道を使わない」

「目的地はどこだ？」ハンターは許可の要請には触れずにそうたずねた。

この質問は困る！　ファジーは《アヴィニョン》がでっちあげた目的地の名称をすっ

かり忘れていた。

「銀河イーストサイドのちいさな惑星だ。名前はおぼえていないが、船が座標を知っている。こういうことは船にまかせきりなもので」

「名前も知らない惑星になんの用だ？」

「入植だ。われわれに適した世界で、現住知性体はいない。放浪に疲れて、のこりの人生を入植者としてしずかにすごしたいんだ」

「よりによってイーストサイドを選んだのは、いささか妙ではないか？」ハンターの質問にはわずかに疑念が感じられた。ファジーはそれを見逃さなかった。

「どこが妙なんだ？　船のアーカイヴで、条件に合う世界を探しただけだ。それがノースサイドでも、サウスサイドでも、ウエストサイドでも、そこに向かっただろう」

「きみたちは強大なエスタルトゥの領域からきた」と、ウィンダジ・クティシャ。

「ああ」

「向こうでふさわしい世界を見つけ、永遠の戦士の保護のもとで暮らそうとは思わなかったのか？」

「ああ、思わなかった。銀河系に帰りたかったから。ここで大いなるソトの保護のもとで暮らしたい」

　この返答には自信があった。これ以上の答えはないはず。だが、ハンターの話はまだ終わらなかった。

「もうしばらく待ってもらう。イーストサイドの大部分はいまだにソトの主権を認めず、抵抗している。ブルー族は頑迷なのだ。知らなかったか？」

「知らなかった」これは事実だ。そうではないかとは思ったが、知っていたわけではない。

「それならいい。銀河系にやってきたのは、自分たちに適した惑星に入植するためで、それ以外の目的はないんだな？」

「ああ、いったとおりだ」

白い異人の目がふたたびきらめいた。ファジーの脳裏を不快な思いがよぎる。いままでにどれだけの人数を尋問してきたのだろう？　かれらはなにを話したのか？　だが、ハンターはかれの答えに満足をしめし、ファジーが驚いたことに、こうたずねた。

「収容生活は快適か？」

ファジーは驚きのあまり、思わず口ごもった。

「ああ……いや、つまり……部屋が寒すぎて……」

「温度をあげるよう指示しておこう」ウィンダジ・クティシャがいう。

「……それと、裸なんだが……」

「それは保安上必要な処置だ。きみたちのコンビネーションのなかに、なにがかくされているかわからないから」

「……衛生設備がない……」

「部屋は無菌状態だ。老廃物が出ない食事を提供している」

「……それと……あと、どうして仲間と別々にされているのかわからない」ファジーはそういって、一連の愚痴を締めくくった。

白い相手は顔をしかめた。

「きみたちがソトの敵かもしれないという疑念は、まだ完全に消えたわけではない。きみたちはひどく世間知らずなのか、あるいは嫌疑を受けた捕虜のふるまいがわからないふりをしているか、どちらかだろう」

ファジーはなにもいえず、黙りこむしかなかった。

「またあとで話をしよう」ウィンダジ・クティシャがいった。「まだいくつか質問がある。とりあえず、もどっていい」

突然、あたりが明るくなった。光のドームがファジーをつつみこむ。ハンターとロボット三体が消え、いきなり転送痛に襲われて、かれは思わず声をあげた。

次の瞬間にはもう、そこは凶悪ハンターのいる薄暗いホールではなくなっていた。

＊

猛暑と悪臭がファジーを迎えた。おそるおそる目を開けると、そこは前とそっくり同じつくりの部屋だった。ただ、ふたつある寝台の片方の上に転がってうめいている男は、ヴェエギュルではない。

部屋の奥のすみには汚物の山ができていて、たちのぼる悪臭がファジーの喉を詰まらせた。ごくりと唾(つば)をのむ。額に汗が浮かんだ。

この暑さはどこから？　ウィンダジ・クティシャに寒さを訴えたせいで、冷凍庫がオーヴンに変わったのか？

寝台の横に膝をつく。うめき声をあげている男は腹這いになり、左右にからだを揺すっていた。青白い肌に赤くにじんだような斑点ができている。ファジーは男の両肩をつかみ、からだを仰向けにした。

男は目を閉じていた。汗まみれの髭が肌に貼りついている。技師のジョウボーイ・マローンだ。ファジーはかれの顔をなで、頬を軽くたたいた。ジョウボーイが目を開く。ファジーに気づくまで、すこし時間がかかった。

片手があがり、指がファジーの腕をつかんだ。

「ファジー……殺される……」と、ジョウボーイがうめく。

「なにをされた？」

「尋問だ……知りたがってる……ＧＯＩの……基地を……」

ファジーは手でかれの口を押さえた。ジョウボーイが抵抗したので、手を引っこめる。

「黙れ！　ぜんぶばらすつもりか？」

ジョウボーイは顔をゆがめた。

「ばらす？　知っていることはぜんぶ話すしかなかった。やつらの尋問は悪魔的だ」かれはファジーの手を握った。「ファジー、なんとかしないと。なんとか……」

「たわごとはやめろ」ファジーはあいているほうの手でジョウボーイの額の汗を拭ってやった。「かれらには対抗できない」

「でも……」ジョウボーイは抵抗したが、もう力がのこっていなかった。ファジーはかれをやすやすと寝台に押しもどす。「白いやつ……ロボット……逆らえない。でも、ドゥンやほかの連中なら……油断してて……装置しか見てない。きっとうまく……」

「いまはしずかにしていろ」と、ファジー。「きみには休息が必要だ。すこし眠れ」周囲を見まわし、奥のふたつの角に積みあがった汚物の山に目をとめる。「この悪臭のなかで眠れればだが。ここにはだれといっしょだったんだ？」

「レンゴン……」ジョウボーイがうめくよう答える。

アルコン人のアロファー・レンゴンか。自称哲学者で、異星古生物学の研究が趣味だ。五十億年以上も昔の化石を発見するのが夢だといっているが、これまでのところヴィールス船は、その夢を実現するために系統的な調査ができるほど長く、一惑星の地表にとどまったことがなかった。

「レンゴンはどこだ？」と、ファジー。

「連れていかれた……わたしと同じように」

知りたいことはまだたくさんあったが、ジョウボーイにはどうしても休息が必要だ。ファジーが肩をさすってやっていると、やがてジョウボーイは眠りに落ちた。

ファジーはレンゴンが使っていた寝台に腰をおろした。全身汗まみれだ。部屋のなかの気温は四十度を超えているだろう。湿度も飽和状態だ。息苦しいのは悪臭のせいだけではなかった。

全体の状況がわかればいいのだが！　ジョウボーイはなぜ尋問されたのか？　かれはなにも知らない。《アヴィニョン》がＧＯＩを探しているということ以外、なにも。そんなことは、苦痛をあたえなくても、必要ならいくらでも聞きだせたはず。ジュリアン・ティフラーひきいる抵抗組織を探していることで、かれらはソトの敵と認定されたのだろう。その点ははっきりしている。つまり、ウィンダジ・クティシャはファジーが嘘をついたことを知っているのだ。

ファジーはぞっとした。かれは船の所有者ということになっている。情報を得るなら、かれからだ。ハンターはそう考えるにちがいない。寝ている男にちらりと視線を向ける。自分もあんなふうにされるのか？

どういうことだ？　ＮＧＺ四四六年現在の尋問方法なら、被疑者に肉体的な苦痛をあたえなくても結果を得ることができる。ジョウボーイはなぜ拷問されたのか？

ファジーはあの白い生物、ウィンダジ・クティィシャの姿を思い浮かべた。どこからきたのか？　なんの種族なのか？　アルビノのプテルスとも思えるが、それではあの目の説明がつかない。プテルスにアルビノがいたとしても、目はファジーがまだよくおぼえている、スティギアンやその進行役やストーカーの目と同じようなもののはず。眼球も瞳孔も虹彩も区別がつかないなどということはありえない。凶悪ハンターはプテルスではないだろう。肉体を変化させられるのかもしれない。どんな姿かたちもとることができ、そのうえで選んだのが、主人であるソト＝ティグ・イアンの姿だったにちがいない。

かれはハンター旅団の指揮官だ。その名前から、そうとしか考えられない。からだの色は純白……外観で唯一、かれが自分で選べない部分だ。《アヴィニョン》が拿捕されたまさにそのとき、かれが宇宙要塞フェレシュ・トヴァアル一八五に滞在していたのは、まったくの偶然だったのだろうか。

ファジーの思考は混乱した。考えが制御できない。ただ、その思いはつねにある一点に立ちかえった。白い肉体……白い、変形可能な肉体……

エルファード人だ！

四千万光年はなれたエスタルトゥの領域で、エルファード人は永遠の戦士のために将軍や司令官や武器保持者をつとめていた。すくなくとも、あるエルファード人が法典の叡智と恒久的葛藤の教えに疑問をいだくまでは。かれらはヒューマノイド種族の末裔だが、一連の突然変異プログラミングの結果、肉体を変形させられるようになった。からだの色は白だ。エルファード人はこの突然変異のおかげで、故郷惑星の軌道に放浪星が一時的に迷いこむというカタストロフィを生きのびることができた。ところが、かれらはトラウマに囚われることになる。自分たちの新しい姿が気にいらなかったのだ。肉体の変形を恥じていたといってもいい。かれらは祖先の姿を模した鎧をつねに身につけるようになった。

　ウィンダジ・クティシャはエルファード人だ。そうとしか考えられない。ただ、同族を悩ませているトラウマとは無縁で、ソトに忠実な、信頼できる法典の奉仕者ということ。その献身のあらわれとして、ソト＝ティグ・イアンの外見を模倣までしているのだ。それでもなお、ソトへの敬意を欠くことはない。身長を二メートルにして完全にソトそっくりになることもできたのに、パニシュや永遠の戦士のような、小柄な体軀で満足している。

　ファジーの思念が現実にもどった。ウィンダジ・クティシャは《アヴィニョン》の拿捕を知り、フェレシュ・トヴァアル一八五に駆けつけたのだ。なぜか？　たぶんラスマー・ドゥンが事前に数人を尋問し、ヴィーロ宙航士がＧＯＩとコンタクトしたがっているのを知ったからだろう。

ほかの可能性は思いつかない。ウィンダジ・クティィシャは、抵抗組織の銀河系における司令部のポジションを《アヴィニョン》の乗員が知っていると考えたにちがいない。船からじかに聞きだそうとしたが、《アヴィニョン》は独自の方法で秘密を守った。もとめる情報は船にはない。そうとわかっても、ハンターは船がなにかをかくしているという印象をいだいたのかもしれない。そこでかれは作戦を変更し、乗員に矛先を向けたのだ。

《アヴィニョン》の乗員のだれひとり、GOIの司令部のポジションなど知らないことを、はっきり伝えなくてはならない。そうとわかれば、ヴィーロ宙航士への拷問もなくなるだろう。

ほんとうにそうか？ ファジーは自分の判断に自信が持てなかった。ウィンダジ・クティィシャがとった方法は不必要に残忍なものだ。あの奇妙なエルファード人には、明らかにサディスティックな気質があるように思えた。

時間は無情に過ぎていく。一時間、さらにもう一時間。ジョウボーイはぐっすり眠っていたので、ファジーはあえてじゃまをしなかった。

ファジーの感覚で半日ほどが過ぎたころ、壁の開口部がかたんと音をたてて開いた。ファジーはトレイの上のふたつの容器をとりだした。容器をひっくりかえし、中身を開口部のなかにあける。からになった容器を使って汚物をすくい、それも開口部のなかに投げこんだ。気分が悪く、胃のなかになにかのこっていたら、吐いてしまっていただろう。作業がすべて終わって開口部が閉じると、部屋の空気はいっきに改善された。

しばらくするとジョウボーイが目をさました。まだ弱々しいが、痛みは軽くなったようだ。最初、かれはなぜファジーがそこにいるのか、思いだすのに苦労していた。やがて拷問めいた尋問を受けたことをかれに話したのを思いだす。

ジョウボーイは背筋を伸ばした。その目には熱っぽい輝きがあった。

「なんとかしないと」と、熱烈に訴える。「さもないと、ひとりずつ殺されてしまう。尋問されたとき、ホールにいたのは十四名だった。ほかの者たちがどうなったのかはわからない。尋問がはじまったあとは、気にする余裕などなかったから。それでもわたしは見た……」

ファジーはかれを寝台に押しもどした。

「しゃべりすぎるな。わからないのか……」

最後のほうは言葉にせず、壁や天井のほうをしめして、相手が警告に気づいてくれることを願う。だが、ジョウボーイは話しつづけた。話しておかないと、いつとめられるかわからないというような、あわただしい調子だった。

「いや、話させてくれ。あの浴槽みたいな長椅子を見ただろう？　壁ぎわのヘッドボードの上にちいさな箱があった。あれが制御装置だと思う。もしうまいこと……」

ファジーはしかたなく、相手の頸をつかんで絞めあげた。ジョウボーイは口を大きく開けて息を吸おうとする。その目には狼狽の表情があった。

「裏切り者！」と、声を絞りだす。「あの悪党と共謀して……」

ファジーは動揺しなかった。さらに手に力をこめる。抵抗はすぐに弱まり、かれが意識を失う直前、ファジーは手をはなした。

「そのくそったれな口を閉じていろ！」と、鋭く声をかける。

「でも、きみは……」

「黙れ！」

それでようやくジョウボーイは黙りこんだ。おびえているようだ。

「これ以上しゃべるな。向こうに聞かれないように意思疎通しなくてはならない」

だが、そうはできなかった。よく通る明るい声が部屋に響いたのだ。声は天井から聞こえてくるようだった。

「捕虜のボニファジオ・スラッチは前に出ろ」

ファジーは自分の番がきたことを悟った。

4

同じホールだが、前回とはようすが違った。ボニファジオ・〝ファジー〟・スラッチが実体化したのは捕虜の一団のなかだった。十一人いる。ほっとしたことに、そのなかにメーガン・スールの姿はなかった。捕虜たちはホールの壁ぎわに立ち、目の前には最初のときにも気づいた、浴槽のような長椅子が設置された小部屋がならんでいる。翡翠色の玉座にはウィンダジ・クティシャがすわっていた。ロボット三体がそのすぐそばに浮遊し、台座をかこむようにかれの部下たち八名が立っている。うちひとりは法典顧問のラスマー・ドゥンだった。あとは二名の小柄なプテルス以外、全員がギャラクティカーだ。かれらはウパニシャド学校を修了した証しであるシャント戦闘服を着用していた。ファジーはかれらが武装していることに気づいた。捕虜にはだれも注目していない。

「だれかメーガン・スールを見ていないか？」ファジーが仲間にたずねた。

「しばらく同じ部屋だった」麦藁色の髪の、ずんぐりした男が答えた。メザー・シャープだ。ファジーはこの三週間で、かれが冗談好きの陽気な男だと知った。だが、いま、その視線は不安そうで、気立てのよかった顔には絶望の深いしわが刻まれていた。

「彼女、どうしていた？」

「よくない」シャープがぼそりと答える。「一度ここで痛めつけられたんだ」と、小部屋のひとつを指さす。「二時間ほど意識を失って、そのあとは痛みのせいで、ほとんど立っていることもできなかった」

ファジーは胃が締めつけられた。どうして自分はこんなに無力なのか？　どうしてメーガンのそばにいられなかったのか？　そこへ細身で長身の女が近づいてきた。ベニータ・リッゾだ。生物学者で、その面倒見のよさから〝マザー・リッゾ〟とも呼ばれている。

「なにか手を打たないと、全員殺されてしまうわ」

「手を打つって……どんな？」と、ファジー。「武器を持った相手と素手で戦うのか？」

「向こうは抵抗されるなんて思ってない」と、マザー・リッゾ。「たしかにチャンスは最小限だけど、なにもしなければおしまいよ！」

ファジーは首を横に振った。

「ばかげている。殺されるだけだ。白い男を説得できないか、やってみよう」

「ばかね」リッゾはかれをあざけった。「あれはサタンよ。拷問を楽しんでる」

ファジーは彼女を押しのけ、捕虜たちのなかから数歩、前に進みでた。

「聞いてくれ、ウィンダジ・クティシャ」と、声をあげる。

台座の下に立っている八名がかれのほうに目を向けた。凶悪ハンターはなにも聞こえなかったかのように身動きしない。だが、すぐに声が聞こえてきた。

「きみの話はもう聞いた、ボニファジオ・スラッチ。きみは嘘をついた。もう一度話を聞いてもいいが……こんどは嘘をつかないというのが条件だ」

「あなたが重視するようなことはなにも知らない」ファジーは叫んだ。「われわれが知っていることは、あなたももう知ってるはず……」

振動音がして、かれは耳をそばだてた。ホールの奥からロボットが十二体、滑るように捕虜たちに近づいてきていた。どれも円錐形で、多数の細い把握アームをそなえている。

「尋問台に！」鋭い声が飛んだ。

ファジーにはだれの声なのかわからなかった。その命令が捕虜に向けられたものなのか、ロボットに対するものなのかも。ゴムの触手を束ねたようなものが肩に巻きつき、からだが持ちあげられて、数秒後にはあの浴槽のようなもののなかに横たわっていた。一円錐形ロボットが目の前に浮遊している。すでに拘束は解かれているが、起きあがろうとすると把握アームに押しもどされた。

仲間たちの姿は見えない。小部屋を仕切る壁には隙間がないから。ジョウボーイ・マローンの言葉を思いだし、頭をできるかぎりうしろにそらしてみた。壁の上方に、細い光で何重にも縁どられたちいさな箱が設置されている。マローンはあれが制御装置だと推測していた。さほど頑丈そうには見えない。こぶしで強く一撃すれば作動停止できそうだ。ロボットに阻止されないくらいすばやく動ければだが。

だが、そのあとは？　箱を停止させることができたとして、その先はどうなる？　希望はない。ロボットを出しぬくのは不可能だ。チャンスはなかった。ウィンダジ・クティシャはこちらを完全に掌握している。

音が聞こえ、ファジーは顔をあげた。ラスマー・ドゥンが小部屋の入口の前に立っている。その顔は嘲笑的にゆがんでいた。

「きみの言葉を聞き逃したくないからな。われわれにかくしていることを、苦痛のなかで告白するのが聞きたいものだ」

「地獄に落ちろ！」と、ファジー。

その瞬間、苦痛がかれを襲った。

＊

ファジーは恒星のなかに押しこまれた。白熱の炎が周囲で燃えさかり、血管のなかにまで入ってくる。かれは悲鳴をあげた。ぐるぐる回転させられ、その速度があがるほど、炎はますます貪欲になる。まだ意識があるのか、すでに恐ろしい幻覚におかされて正気を失っているのか、自分でもわからなくなった。

灼熱の針が脳に突き刺さる。胃が裏がえりそうな無重力の感覚と、骨がばらばらになりそうな大重力の感覚が交互に襲ってきた。まるでアコーディオンのように、引きのばされたり押しつぶされたりするのを感じる。

白熱する壁に亀裂が生じた。ファジーの頭上にプテルスのにやにや顔があらわれる。白い目は視力などなさそうなのに、かれはじっと見つめられていると感じた。顔にある口が開く。ハンターの声が苦しむ者の上に、雷鳴のように響きわたった。

「GOIの本部はどこにある?」

「知らない!」と、ファジー。

電撃が肉体を突きぬけた。からだが硬直し、苦痛の悲鳴があがる。

「本部の場所を知らずに、どうやってGOIを見つけるのだ?」

「合図を……待っていた」

「合図はどこからくる?」

「知らない」

なにかがかれの頭をつかみ、握りつぶそうとする。眼球が飛びだしそうだ。舌に血の味を感じた。徐々に圧迫感がゆるむと、吐き気がこみあげてきて喉が詰まった。

「GOIの本部はどこにある？」

「知らない」ファジーにはもう、悲鳴をあげる力ものこっていなかった。「船に訊け。記憶バンクを見れば、われわれが座標を知らないとわかるはず」

だが、白い男はその言葉を信じなかった。唇のない口から銃撃のように質問が飛びだす。ファジーは非現実世界に突入した。はるか下方に氷のように冷たい赤い炎があり、その冷気がかれを舐める。肉体はもう存在しない。かれは純粋な苦痛の塊りだった。徐々に正気が失われる。ひとつだったプテルスの顔が三つに、五つに、十になり……数十の顔がかれに向かってわめいている。

「GOIの本部はどこにある？」

「メーガン……」ファジーはうめいた。

突如としてすべてがしずまりかえった。静寂と、底しれない闇。精神と肉体を守る安全装置が働いて、ファジーは意識を失った。

＊

かたい床の上だ。その床は熱かった。苦労して腕を動かし、両手を突いて上体を起こす。脳が正常に機能していない。筋肉を同調して動かすのがむずかしかった。

頭蓋に鈍い痛みがある。気分が悪く、吐き気も感じた。焼けるように痛む目を開けると、ふたつのものが見えた。遠近感のない平坦ななにかが不安定に揺れている。やがて視覚中枢が仕事を思いだし、目の焦点が合って、奥行きが感じられるようになった。

目の前に見おぼえのある光景があらわれる。ただ、自分がどこにいるのか把握するには時間がかかった。部屋にもどされていたのだ。転送機はかれを壁のすぐ前にほうりだしていた。ふたつの寝台をじっと見つめる。どちらもからっぽだ。熱い床にからだを押しつけると、火傷しそうになった。どこでできたのかわからないが、腕にはできものが生じていた。

右側にある寝台の足もとで力つきる。腕が震え、顔面から床に突っこんだ。長いあいだそのまま動くことができなかったが、やがてふたたび上体を起こし、寝台に這いあがろうとする。痛みのあまり意識が飛びそうになったが、どうにかやってのけた。背中にかたいプラスティックの感触がある。その冷たさがすばらしかった。いまさらながら疲労が襲いかかってくる。苦痛が内臓もふくめて全身を暴れまわったが、なんとか眠ることができた。

目がさめたとき、かれにはどれだけの時間がたったのかわからなかった。痛みは以前ほどではなくなっている。焼かれるような、突き刺されるような苦痛はもうなかった。感じるのは、魂の最奥から響いてくるような鈍い拍動だけだ。力が入らない。片手をあげるだけでもひと苦労で、額に汗がにじんでくる。なぜ目がさめたのだろう？　物音か？　頭を動かし、もうひとつの寝台のほうを向く。そっちはからっぽだった。

ファジーは背筋を伸ばした。簡素な寝台の枠に手をかけ、すこしずつからだを起こす。ふたたび痛みが襲ってきた。あきらめて背中を寝台にもどそうと何度も思ったが、すでに反抗心が目ざめていた。いまこの瞬間も、どこかからだれかに観察されているのだ。自分が弱っていて、苦痛のあまり意識を失いそうになっていることは、とてもかくしきれない。うめき声、しかめた顔、全身から噴きだす汗……そのすべてが雄弁に物語っているから。だが、かれがまだあきらめていないこと、かんたんには屈服しないことを、神よ、あいつに見せつけてやる。

勢いをつけ、痛みのあまり悲鳴をあげながら……上体をまっすぐに起こす。そこで目にしたものを、かれは茫然と見つめつづけた。

メーガン！

彼女は奇妙に折れ曲がった姿勢で床に倒れていた。ブロンドの髪のところどころに、黒く乾いたものがこびりついている。身動きはしていなかった。ファジーは弱ったからだのことも忘れて飛び起きた。だが、脚が体重を支えられない。膝が崩れ、床に倒れこむ。そのまま四つん這いでメーガンににじりよった。すすり泣きの声が口から漏れる。かれは裸で、痛みにさいなまれ、身も心もぼろぼろにすり減って、悲嘆にくれていた。

　だが、心の奥にはまだ決意の火花がのこっている。かれはほんのわずかずつ、身動きしないメーガンに向かってからだを押しだしていった。彼女の肩をつかみ、ゆっくりと仰向けにする。その顔を見て、かれは思わず声をあげた。水疱におおわれ、それがところどころで破れて血が流れている。

　その声がメーガンの意識をとりもどさせた。彼女は目を開いた。瞳孔が痙攣するように動いている。かれが見えていないようだ。

「メーガン」ファジーはつぶやいた。

　痛めつけられたからだがぴくりと動く。片腕が伸びて、弱々しく震える手がファジーの皮膚に触れた。唇が動く。

「ファジー……」

「しゃべるな」と、ささやく。「しずかにして。いま、きみを……寝台にうつすから」

　傷だらけの顔にかすかな笑みが浮かんだ。

「いいえ」と、メーガン。「もう……これ以上は……」

　胸が締めつけられた。ファジーの目に涙が浮かぶ。

「メーガン……なにもかもうまくいく！」

「かれらはわたしたちを……全員、破滅させるわ、ファジー」メーガンがとぎれとぎれにいう。「あの白いのに……慈悲なんかない。あなたはなんとしても……」

なにかとても重要なことをいおうとしたようだった。目が不自然なほど大きく見開かれ、指がかれの腕に食いこんだ。メーガンはからだを引き起こそうとしていた。

だが、力が抜けてしまう。ファジーはすばやく手を伸ばし、彼女の後頭部が床にぶつかるのを防いだ。頭ががくりと横を向く。見開かれた目はなにもない壁を見つめていた。

死の瞬間、メーガンは恐怖を感じたらしく、その顔にはなんともいえない、ぞっとした表情が貼りついていた。

死んだ女を腕に抱いたまま、どれだけの時間が過ぎたのか、ファジーにはもうわからなかった。脳が思考を放棄している。だが、その場にうずくまって身動きもせず、圧倒的な悲しみにひたることで、かれの肉体は力をとりもどすチャンスを得た。壁の開口部が音をたて、湯気をたてるふたつの容器が目に入ったとき、かれは自分がどれほどひどい空腹をかかえているかに気づいて驚いた。開口部に向かってからだを押しだし、栄養粥を胃がもとめるままにむさぼる。あわてて食べすぎて、息ができなくなったくらいだ。しばらく食べる手を休めたが、結局は胃の反応よりも意志の強さがまさった。

そのあとメーガンを抱きあげ、寝台に寝かせる。かれはその目を閉じさせ、水疱だらけの顔をそっとなでた。そうしながらも、かれはなにも感じていなかった。魂の炎が消えてしまったのだ。かれの心は死んでいた。そこにあるのは冷たい不安だけだが、それは明確な思考というかたちをとらない。殺風景な部屋の暑さにもかかわらず、かれは凍えていた。痛みももう感じない。脳がすべての入力を拒否している。

かれは待った。

ふたたび食事が提供され、かれはそれを無心に食べた。メーガン・スールがかれの腕のなかで息を引きとってから数時間、もしかするとまる一日が過ぎていた。

かれは待ちつづけた。

やがて、声が聞こえた。

「捕虜のボニファジオ・スラッチは前に出ろ」

ファジーは足を踏みだした。声が記憶をよみがえらせる。突然、自分を突き動かす冷たい不安の正体がわかった。

＊

今回、ホールをかこむ拷問の小部屋の前に立たされたのは八名だけだった。仲間が減っている、と、ファジーはなんの感慨もなく思った。それ以外は前回と同じだ。ウィンダジ・クティシャは玉座にすわり、ロボット三体がそのそばに浮かんでいる。台座のまわりには部下が八名ならび、ラスマー・ドゥンと二名のプテルスもいた。

ファジーはヴェエギュルを見つけ、近づいた。

「メーガンが死んだ」と、話しかける。

ブルー族は皿頭をかたむけた。

「ジョウボーイ・マローンはわたしの部屋で死んだ」と、ファジーに告げる。「ナグル・アヴィトルも二度めの尋問に耐えられなかったそうだ」

ファジーはうなずいた。メーガンがいっていたとおり、やつらは自分たち全員を破滅させるつもりだ。ナグル・アヴィトルは二名いるアルコン人のひとりで、頑丈な女性だった。彼女にも耐えられない拷問なら、チャンスはだれにもないだろう。

捕虜たちがファジーのまわりに集まってくる。どの顔にも恐怖の表情があった。

「気をたしかに持て。わたしから目をはなすな」と、ファジー。

それ以上はなにもいわない。かれらの手助けは期待できないから。すべて自分でやるしかない。ヴェエギュルは耳をそばだてているようだ。ファジーに向かって手を伸ばしてくる。考えていることを伝えたいのだろう……前にふたりで考えだした方法で。ファジーは首を横に振った。

「見ていろ」とだけ、声をかける。

低く音をたててロボットが近づいてきた。前回とすべて同じだ。触手のような把握アームがファジーをつかみ、浴槽のようなもののほうに運んでいく。ファジーの計画が実現できるかどうかは、凶悪ハンターの部下八名がどう行動するかにかかっていた。

大柄なラスマー・ドゥンの姿が近づいてきた。ファジーは頭に血がのぼるのを感じた。

この男を憎んでいたから。ドゥンはかれの前で足をとめた。

「真実を話す機会はもうすぐなくなる」と、にやにやしながらいう。「三度の尋問に耐えられる者はいないから」

「わたしがどれだけ耐えられるか、きっと驚くだろうな」

まだいい終わらないうちに、ファジーは浴槽の縁を跳びこえた。触手が頭上で空を切る。かれは跳躍し、ヘッドボードの上のちいさな箱を力いっぱい殴りつけた。旋回すると、浴槽の反対側にロボットがいる。かれはからだを前方に投げだした。ドゥンはこの展開についていけない。その顔に浮かんだ驚愕の表情を、生涯ファジーは忘れないだろう。ドゥンの片手が信じられないほどゆっくりと、まるで現実に確信が持てないかのように、武器に向かって動くのが見えた。触手が一本、右のふくらはぎに巻きつくのを感じる。ファジーはバランスを崩し、前のめりに倒れかけた。それがさいわいした。一群の触手が頭の上をかすめる。つんのめっていなかったら捕まって、計画は頓挫していただろう。

筋肉が張りつめる。倒れながらさらに前進すると、ふくらはぎをつかんでいた触手がはなれた。そのまま全力でドゥンに突進する。両手を前に突きだすと、ちょうど目的のものに触れることができた。指が武器の銃把にかかる。

ファジーは前方に回転し、まだ足が床につく前に一発めを発射した。熱線が触手ロボットをとらえ、そのボディがまばゆい閃光をはなつ。円錐がかたむき、がしゃんと床に倒れた。

この時点で、ファジーが動きだしてから三秒も経過していない。鼻の大きな小男は目にもとまらないほどすばやかった。動きを追うことさえできないほどだ。ファジーは戦いに向いていないし、力も強くない。だが、すばやさと器用さにかけては、右に出る者がいなかった。

ファジーの突進の衝撃からまだ立ちなおれていなかったラスマー・ドゥンは、背中に熱いものを感じた。ファジーが奪ったブラスターの銃口だ。恐怖でドゥンのからだが硬直した。

「歩け！」小男が声をかける。

ドゥンは歩きだした。ファジーが銃口を押しつけて方向を指示する。その熱がシャント戦闘服の不燃性素材を通して皮膚を焦がした。ドゥンはシャドだ。戦士の教えを四段階まで習得している。いつもなら、正面から襲ってきた相手をかんたんに制圧できたはず。だが、かれは油断していた。事態の展開がすばやすぎたから。そしていま、狂人のせいで危険な状況に追いたてられている。

ファジーはドゥンの足どりが鈍ったのを感じた。

「さっさと歩け。さもないと腹に穴をあけるぞ！」

ファジーの唯一の強みはすばやさだった。敵の意表をついたのだ。だれも考えもしなかった賭けに出たということ。驚いた相手の隙を突くしかなかった。わずかな躊躇が命とりになる。

「抵抗しろ、法典顧問！」凶悪ハンターの声が響いた。

ラスマー・ドゥンが前方によろめく。ファジーはあいているほうの手で相手の腕を下からつかみ、前方に押しやった。強くひと押しされて、ドゥンが前進する。薄闇のなかに弱い光が揺らめき、ドゥンは悲鳴をあげた。その姿が透明になっていく。ほんの一瞬、法典顧問はまるで半物質の幽霊になったかのように見えた。その状態で薄暗いホールのなかを、凶悪ハンターのグリーンの玉座のほうに漂っていく。

ドゥンの姿がかき消えた。さっきまでかれがいた場所から、ミルクのようなグレイの霧が流れてくる。ファジーは横に身を投げた。ウィンダジ・クティシャのところまでは、まだ五メートルほどはなれている。ブラスターがばりばりと音をたてた。すでに連射に切り替えてある。ラスマー・ドゥンを分子破壊銃で消滅させた立方体ロボットが、まばゆい熱線にとらえられ、炎上した。マシンが爆発。白熱した金属片が弾丸のように空中に飛び散り、爆風がウィンダジ・クティシャを玉座から吹き飛ばした。

怒ったような、甲高い音が響く。二体めのロボットが動きだしたのだ。ファジーは筋肉が硬直して麻痺するのがわかった。最後の力を振り絞り、台座までさらに二メートル近づいたが、麻痺放射の作用で、数十の鐘が頭のなかで乱暴に鳴りひびいているように感じる。懸命の努力で手首を上に向けると、それにつれて銃口も上を向いた。おや指ほどの太さに集束した熱線が半球形ロボットのボディを直撃すると、たちまち麻痺の感覚が消え、ロボットは無数の破片になって飛び散った。

ファジーはからだを起こし、台座の下に突進した。ウィンダジ・クティシャの部下たちは床に身を伏せ、爆発したロボットの白熱した破片を避けている。三体めの円錐形ロボットは、主人を守る行動を準備していなかった。コミュニケーションに特化したロボットだったのかもしれない。それでもファジーは念のため、狙いすました一撃で最後のマシンも破壊した。

立ちあがると、目の前に凶悪ハンター、ウィンダジ・クティシャがいた。爆風で台座の階段まで吹き飛ばされていたのだ。エルファード人の姿が溶けはじめる。ファジーは吐き気をおさえながら、それを眺めた。ブラスターの銃口を、瞳孔のない白い両目のあいだに向ける。

「逃げられないぞ、ウィンダジ」と、うめくように告げる。かれはわずかに狙いをそらし、熱線で相手の頭のすぐ横の床を焦がした。ウィンダジ・クティシャは悲鳴をあげ、横に転がろうとする。ファジーはそれを阻止した。ハンターは横たわったままだ。片方の脚がつぶれて、かたちのない塊りになっていた。ハンターは慈悲を請うかのように、両手をのばして高くあげた。

「立て！」と、ファジー。「わたしのいうとおりにしろ。さもないと、凶悪ハンターはもう存在しなくなる！」

ウィンダジ・クティィシャの変身が逆転した。不定形の塊りがふたたび脚になるのは、目を引きつけられると同時に恐ろしい眺めでもあった。ハンターが立ちあがる。ファジーは相手がよく見えるよう、二歩後退した。

「部下に武器を捨てるようにいえ！」

凶悪ハンターの頭から紙一重（かみひとえ）のところを熱線がかすめた。テラナーは躊躇している相手に、自分が本気であることを教えたのだ。

「聞こえただろう」ハンターがホールに向かって叫んだ。「いわれたとおりにしろ」

敵の武器が床に落ちた。ファジーは自分の命令が守られたことに満足した。ブラスターや分子破壊銃をからだから遠ざけるようにいうと、武器は滑らかな床の上を滑っていった。立ちあがろうとする者はいない。

ファジーはじっくりと個々の小部屋を検分した。浴槽の前には触手ロボットがじっと待機している。捕虜たちは起きあがり、信じられないという顔でホールのほうを見ていた。

「触手ロボットを撤退させろ」と、ファジー。

「それはできない」ウィンダジ・クティィシャが答える。「きみがコミュニケーション・ロボットを破壊してしまったから」

「いいからやれ！」ファジーは大声でいい、銃口をあげた。

ハンターが首をめぐらせて叫ぶ。

「ロボット……撤退しろ！」

ロボットは命令にしたがい、低い音をたてて撤退していった。ファジーは苦い笑みを浮かべた。

「こんどわたしをだまそうとしたら、腹に穴があくぞ」

そのあと小部屋に向かって声をかける。

「なにをぐずぐずしている？　武器をとれ。こいつらが動こうとしたら、すぐに撃つんだ」

こうして、戦いに向かないボニファジオ・〝ファジー〟・スラッチが最初の勝利をおさめた。かれははじめから、凶悪ハンターを押さえなければ成功の可能性がまったくないことがわかっていた。人質が必要だったのだ。

すべてのハンターの上位にいるファアタ・ジェシの指揮官は、この目的に最適だった。ウィンダジ・クティィシャの身柄を押さえているかぎり、だれも逆らうことはできない。

いまや武装した捕虜たちが集まってくる。ファジーはホールを一望できるよう、かれらを二、三歩さがらせた。

「これははじまりだ」と、ファジー。「ほんの手はじめにすぎない。正直なところ、われわれが自由になるには、まだたくさんの血と涙を流さなくてはならないだろう」

かれらの目には怒りと決意の炎が燃えていた。冒険好きで、あらゆる種類の責任から逃げてきたヴィーロ宙航士たちが、いまや冷酷な戦士になったのだ。とはいえ、ファジーの言葉は正しかった。血と涙が流れることになるだろう……この瞬間にかれが予想していた以上に。

＊

かれはまず、捕虜全員を解放した。生きのこりは二十六名で、十二名が凶悪ハンターの拷問の犠牲になった。多くは足腰が立たないほど弱っていて、ファジーはそれを悲しく眺めた。

弱った者たちはすばやく動けない。移動はいちばん弱っている者に合わせるしかなかった。負担は増えるが、しかたがない。だれひとり置き去りにはできないから。

弱った者たちの世話はマザー・リッゾにまかせた。メザー・シャープには補助者三名を割りあて、ウィンダジ・クティシャの監視に当たらせることにする。凶悪ハンターからは一瞬も目がはなせない。

ウィンダジ・クティシャののこった部下七名はホールに放置された。こっそり立ち去らせ、ハンターが人質になった話を宇宙要塞の要員にひろめさせようと考えて。もと捕虜たちが最後まで抵抗するつもりだと、周知しておくのは悪くない。

ファジーはまだ時間に追われていた。《アヴィニョン》が収容されている格納庫に到着するのが早ければ、それだけ有利になるから。時間がたてばたつほど、フェレシュ・トヴァアルの人員がもと捕虜たちを困難な状況に追いこむチャンスは大きくなる。ウィンダジ・クティシャに逃げられるリスクが一分ごとに増大していくだろう。

ハンターは情報提供を渋った。ファジーとは逆に、時間が自分の味方だとわかっているのだ。宇宙要塞の司令本部の場所を訊かれたときも、強情な態度を見せた。メザー・シャープがしびれを切らし、奪った武器でかれの肩を撃った。たいした傷ではなかったが、抵抗はむだだとハンターに思い知らせる効果はあった。

司令本部ではとりあげられたコンビネーションが見つかり、すぐに着用した。武器の備蓄もあり、必要なものを装備することができた。ファジーは周囲の状況を確認した。ここは宇宙要塞の心臓部だ。役だちそうなものがあるかもしれない。ただ、問題はかれが技術に疎いことだった。エスタルトゥの技術となると、封印された書物も同様だ。情報はウィンダジ・クティシャにたよるしかないが、ハンターが真実を語っているかどうか、ただちに判断することはできなかった。

「ここから要塞内のべつの区画に転送機で移動できるのか？」ファジーがたずねた。

「できる」と、ウィンダジ・クティシャ。

「われわれの船がある格納庫の近くにも？」

「ああ」

「転送の準備をしろ。われわれのひとりをまず送って、一度ここにもどす。それで正しい場所に転送したかどうかわかる」

ハンターは両腕をひろげた。

「間違った場所に転送しないよう、気をつけよう」

話し方に変化はなかったものの、ファジーは声のトーンが変わったように感じた。まるで急に希望をいだいたかのように。凶悪ハンターに転送機の設定をまかせるのは間違いではないか？　だが、ほかにどうしようがある？　格納庫まで徒歩で移動する？　いったいどれだけ時間がかかることか……また、こちらのじゃまをする機会を、どれほどハンターにあたえることになるか。

「では、やれ」ファジーはしかたなくそういった。

転送ステーションは司令本部の奥にあった。コンピュータに接続されたモニターが見える。ウィンダジ・クティシャは一連の指示を口にした。言語はソタルク語だ。いっていることはかんたんにわかるが、コードや座標はヴィーロ宙航士にとって意味がない。

すぐ横にある壁の窪みにアーチ形の、ぎらぎら輝くエネルギー・フィールドが形成された。

「設定完了だ」と、ハンター。

ヴェエギュルが進みでたが、ファジーはかれを引きもどした。

「きみはメンターとして必要だ。マザー・リッゾに行ってもらう」

痩せて骨張った女が輝くアーチに向かって足を踏みだす。一瞬ためらったあと、彼女はアーチをくぐり、瞬時に消え失せた。

「極性を反転しろ！」と、ファジー。

ウィンダジ・クティシャがふたたびコンピュータに向かってなにかいう。とくに不審な点はなかった。一分が経過。ファジーは懸命に焦りをおさえた。ベニータ・リッゾは向こうであたりを見てまわらなくてはならない。転送先は格納庫の目の前ではないから。ハンターがほんとうに格納庫近くの転送機に送ったか、確認する必要があった。

彼女は二分ほどでもどってきた。アーチのなかから出てきて、むっつりとうなずく。

「問題ないわ。向こうの受け入れ部から格納庫まで五十メートル。《アヴィニョン》も見えた」

「見張りは？　ロボットは？」と、ファジー。

「いなかった。しずかなものだったわ」

ファジーは送りだす順番をすでに決めていた。まず男女二十名が順次、転送機をくぐる。マザー・リッゾが看護している、負傷して弱っている九名が優先だ。その次がヴェエギュルとかれ自身で、のこりはメザー・シャープとかれを補助する三名、それとハンターになる。メザー・シャープの次にハンターを転送し、最後に補助の三名という順番だ。ファジーが決めたとおりに実行されるだろう。この一連の転送のあいだ、極性は司令本部側をつねに送り出しにしておくので、だれももどってくることはできない。

マザー・リッゾが世話をしている者たちをアーチのなかに送りこむのを、ファジーはいらいらしながら見守った。時間が貴重なことは全員がわかっている。だが、歩くだけで努力を要する者たちがいるのも事実だった。歯を食いしばって痛みに耐え、動かない足を引きずりながらできるだけ急いで転送フィールドに向かう姿を見るのは、心にこたえた。

「患者は全員、転送したわ」と、マザー・リッゾ。

「次はきみだ」ファジーがうながす。ベニータ・リッゾは前回と同じように、きらめくアーチのなかに姿を消した。その後は進行が加速し、男七名、女三名が次々と転送される。ファジーはのこった者たちを見まわした。メザー・シャープと補助の三名がハンターをとりかこんでいる。逃げるチャンスはなさそうだ。シャープはファジーの不安そうな視線に気づき、力づけるようにうなずいた。

「本人が望もうと望むまいと、ちゃんと連れていく」

ヴェエギュルの姿がアーチのなかに消えた。次はファジーの番だ。輝くアーチに近づき、目を閉じて、足を踏みだす。

転送痛はがまんできたが、かれを迎えた騒音は耳を聾し、頭痛を引き起こした。原因は音量ではない。よほどひどい目にあわないかぎり、これほど悲痛な叫び声があがることはないのが問題だった。肩をつかまれるのを感じた。視野のなかで人影がいくつか揺れている。肩にかかった手を振りほどくと、マザー・リッゾの長身瘦軀のシルエットが目の前にあった。

「どうしたんだ？」ファジーは喧噪に負けないように叫んだ。

「だまされたわ」マザー・リッゾは薄暗い部屋の壁のほうを曖昧に手でしめした。「ここはわたしが最初に出た場所じゃない」

受け入れ部の輝くアーチから次のひとりが出てきた。メザー・シャープだ。かれは両手をあげて耳をふさいだ。

「しずかに！」ファジーは大声を張りあげた。

喧噪が消える。

「人数はどうなってる、メザー？」ファジーがたずねた。

メザーが周囲を見わたす。

「問題ない。どうして……」

ファジーはかれを押しのけて、アーチの前に立った。秒数を数えはじめる。三……四……五……

「ずいぶん時間がかかってるな」メザー・シャープがつぶやいた。

……八……九……十……

アーチが揺らぎ、収縮した。転送機のアーチはもう存在しない。ウィンダジ・クティシャが最後の瞬間に形勢を逆転したのだ。あとにのこった三名のことを思うと、ファジーは胃が締めつけられるようだった。

床を見つめる。しばらくのあいだ、あきらめてしまいたいという欲求と戦った。そのとき、メーガンのことが思い浮かぶ。かれは顎が痛くなるほど歯を食いしばった。だめだ。あきらめるわけにはいかない。まだ屈服させられてはいない。ヴィーロ宙航士がどれだけしぶといか、やつらに見せてやる。顔をあげ、周囲を見わたす。かれの視線が薄闇を貫いた。そこは殺風景な、長方形の部屋だった。出口はふたつ。どこに通じているのかはわからない。

「メザー、きみはあっちを」と、低い声で指示する。「ヴェエギュル、きみはもうひとつのほうだ。どこに通じているか、見てきてくれ。ここから出なくてはならない。できるだけ早く」

5

明るく照明されたひろい通廊が一直線に、目路の彼方までつづいている。細い脇道が何本も不規則な間隔で交差しているから、この宇宙要塞の主通廊なのはまちがいない。それだけに危険も大きいだろう。ボニファジオ・〝ファジー〟・スラッチは、左右どちらでもいいから、早く側廊に入ってしまいたいと焦っていた。メザー・シャープと女ブルー族のイデュユルが前方を警戒し、ヴェエギュルとファジーは側廊を捜索、一アルコン人と二名のテラナーが後衛をつとめ、背後から不意打ちされないようにしている。道程は遅々としてはかどらなかった。ファジーの当初の予想よりも、はるかにゆっくりと前進している。それがかれのいらだちを募らせた。

こうなっては《アヴィニョン》に連絡し、助言を仰ぐしかない。かれは意を決して、コンビネーションのハイパーカムを作動させた。敵に位置を特定されてしまうことはわかっていたが、ほかに手がなかった。いまのままでは正しい方角に進んでいるのかどうかもわからない。

ヴィールス船はただちに応答した。

「ずいぶん長く連絡がありませんでした」と、皮肉をいう。

「ごたくはいい。捕虜になったが、脱出した。この通信はたぶん傍受されている。方角と、格納庫までの最短ルートが知りたい」

「ここまでの距離は八百メートルです」《アヴィニョン》は即答した。「現在は船のいる格納庫の平面と平行に移動しています。垂直方向にどれくらい移動できますか？」

ファジーは通廊の天井を見あげた。

「八メートルだな」

「移動してみてください」

ファジーはグラヴォ・パックを作動させ、上昇した。理由はわかっている。《アヴィニョン》が抽象的なヴェクトルではなく、左右方向と上下方向を正しく知りたいと思ったら、どちらが上でどちらが下なのかを確定しなくてはならない。フェレシュ・トヴァアル内部には人工重力が働いている。ヴィールス船が存在する格納庫が頭と足のどちらに近いのかを知ることは、けっして些々たることがらではなかった。

ファジーは床の上にもどった。

「左下方に進んでください」と、《アヴィニョン》。「そこから十時の方角、高低差は五百メートルです」

「敵の動きも知りたい」ファジーがいった。「なにかわかるか？」

「近くにエネルギー放射群が存在し、うち三つは移動しています。武装したロボット部隊でしょう。ふたつは定位置にとどまっていて、たぶんジェネレーターや送信機でしょう。ふたつの静止群の片方はまっすぐ前方にあります」

ファジーはヘルメットを閉じ、探知機を作動させた。ヘルメット内のちいさなモニターにうつしだされた映像は、《アヴィニョン》の情報とは似ても似つかなかった。近くに干渉源が多すぎるのだ。映像が揺らいだ。数百のちいさな光点が明滅している。《アヴィニョン》はファジーのとまどいを予想していたようだ。

「前方に存在する静止群にマークをつけました」

光点のひとつが突然、燃えるような赤に輝きだした。映像の中央、やや左側だ。

「ありがとう、わかった」と、ファジー。「以後、通信は必要なときだけにする」接続を切ろうとして、最後の瞬間に思いついたことがあった。「船内を調査されたんじゃないか？」

「上から下まで徹底的に」船が答える。「抵抗はしませんでした。あなたたちのためにならないと思って」

「よくやった」ファジーは賞讃し、通信を終えた。なぜかわからないが、《アヴィニョン》の情報はかれを不安にさせた。どこかで考え違いをしているような気がする。かれはとまどいをおぼえた。ウィンダジ・クティシャがヴィールス船に特別な注意をはらうのは最初からわかっていたことだ。かれ自身、ヴィーロ宙航士がＧＯＩの本部の場所を知らないことを確認するため、船の記憶バンクを調べろといっている。なのに、なぜ急に不安になったのだろう？

ヘルメットの留め金をゆるめていると、イデュユルが近づいてきた。

「八十メートル先にひろい側廊があって、右側から物音が聞こえる。左側にはなにもなさそう」

「けっこう」ファジーは周囲の者にも聞こえるよう、大声で答えた。「左に曲がろう」

＊

順調すぎて、ファジーは疑心暗鬼になった。側廊を九時から十時の方角に二百メートルほど進むと、反重力シャフトの列の前で終わる。全員が到着したときには、すでにメザー・シャープとイデュユルがシャフトを分析し終えていた。二本に下向きの人工重力がかかっている。ファジーは右はしのシャフトを選んだ。ひとりずつシャフトに入り、下降していく。

ときおり《アヴィニョン》から報告が入った。〝移動する障害群〟三つの動きを追跡した結果、逃亡者たちとの距離をゆっくりと、だが着実に詰めてきているという。三つトとも出会うこととなく、ヴィールス船に到着できることになる。
理解できないのは、その動きがあまりに緩慢な理由だった。このままなら一体のロボットとも出会うこととなく、
のエネルギー放射源がロボット部隊であることは、もう疑問の余地がない。ファジーに

二百メートルほどくだると、円形ホールの壁にシャフトの出口があった。ホールの中央には天井までとどく、銀色にきらめく壁がそびえ、同じく円形の空間をかこんでいた。なんらかの技術的な目的があるのだろう。ハッチもいくつか見える。ホールの外壁にはヴィーロ宙航士たちが出てきたシャフトの出口のほかに、三本の通廊に通じる開口部があった。うち一本はファジーがめざす方角にのびている。

ファジーは全員を停止させ、耳をすました。ホール中央の空間から聞こえてくる低く安定したハム音のほかには、なんの物音もしない。ホールは直径が八十メートルくらい、中央の空間を仕切る壁はホールの外壁から十五メートルくらいはなれていた。

「信号を送ってください」《アヴィニョン》がいった。

「信号、信号」と、ファジーが応じる。言葉はなんでもいいのだ。船はハイパーカムのインパルスで方角を検知している。

「そちらの位置は静止群のすぐ近くです」と、《アヴィニョン》。「三つの移動群とのあいだの距離は、三百メートル、三百五十メートル、三百八十メートルです」

ファジーは銀色の壁のほうに興味深げな視線を向けた。あの奥にはなにがあるのか？

《アヴィニョン》が定点として利用するほど強い散乱放射が出るような、どんな力が働いているのか？

マザー・リッゾがかれに近づいてきた。

「早く進みましょう」と、焦った声でいう。「数名の患者は、もう長くもちそうにないわ」

ファジーはうなずき、進むべき通廊を指さした。出口はホールの反対側にある。リッゾが合図すると、彼女の患者たちはうめき声をあげ、足を引きずりながら移動を開始した。メザー・シャープとイデュユルは先行して偵察任務に当たった。テラナー二名とアルコン人は後衛につき、ファジーとヴェエギュルは中央に位置をとる。一行はホールを突っ切り、出口の手前数メートルのところまできた。ファジーは好奇心をおさえきれず、わきによってハッチのひとつに近づく。せめて謎めいた内部空間をのぞき見て、なにがあるのか知っておきたかった。

ハッチに数歩近づいたとき、先行したメザー・シャープの叫び声が聞こえた。

「気をつけろ！　攻撃だ！」

ファジーは反転したが、銀色の壁が視界をさえぎっていた。メザー・シャープが叫んだ原因がわからない。ただ、重分子破壊銃の低い発射音と、だれかの大きな悲鳴が聞こえた。ブラスターがばりばりと音をたてる。

ファジーは壁に沿って走った。視界が開けるにつれ、床に伏せている人影が増えていく。なにもないひろいホールのなかには掩体にとれるものなど存在しなかった。身を守るには、できるかぎり低く伏せるしかない。

ファジーたちがめざしていた通廊の出口から、分子破壊銃の淡いグリーンのビームがほとばしった。メザー・シャープが跳ね起きて駆けだし、ホールの出口近くの壁ぎわにぴったりくっつくのが見えた。床に伏せてできるだけ開口部に近づき、片腕をそろそろと通廊のほうに突きだす。かれはその位置から狙いもつけず、最大射角に拡散するようにして武器を発射した。分子破壊銃のビームが消える。だが、ファジーは過大な期待をいだかなかった。通廊にはまだ敵がかくれているはず。メザーが後退したら、すぐに攻撃を再開するだろう。

「全員、後退!」ファジーは叫んだ。「銀色の壁を掩体にとれ!」

振り向いたとたん、さっきのぞこうとしていたハッチが開き、小柄でずんぐりした一プテルスがあらわれた。幅広のベルトで肩から大型の武器をさげている。ファジーは本能的に反応した。横ざまに倒れこみ、同時に発砲する。分子破壊銃の薄グリーンのビームが、直前までかれのからだがあった場所を通過した。かれのビームは相手に命中し、プテルスは炎につつまれて一瞬だけ立ちつくし、横向きに倒れた。

だが、すぐにべつの二名が出現する。四メートルの距離を隔てて、分子破壊銃の漏斗形の銃口の揺らめきが見えた。全身の筋肉が緊張する。これで最後だとしか思えなかった。

＊

熱線がファジーをかすめた。肌が焦げるほど近くだ。鋭い破壊音が連続し、耳がじんじんする。プテルス二名は炎の壁の向こうに姿を消した。円形の空間で爆発が起き、ホールの床が揺れる。なかば聾したファジーの耳に、メンターのヴェエギュルの声がとどいた。

「はさみ撃ちにするつもりだ！」

ファジーは背筋を伸ばした。強い決意とともにマシンのように動きだし、炎につつまれたハッチの開口部を突破する。ブルー族の言葉は、すでにわかっていたことだった。敵はここで自分たちを待ち受けていた。このホールを通ると知っていたのだ。《アヴィニョン》との通信のあと、あれほど不安になった理由がわかった気がした。無意識が警告していたのだ。だが、かれはそれが警告だと理解できなかった。

背後から分子破壊銃の発射音が聞こえる。かれの道はここで行きどまりらしい。どっちに進もうと、どこにでも敵がいる。ホールのほかの出口を調べる意味はないだろう。すべて敵が押さえている。だが、かれは自分の命をできるだけ高く売りつける覚悟を決めていた。ヴィーロ宙航士たちがこんなホールで無為に殺されるのを許す気はない。すくなくとも自分たちの身を守る可能性くらいはあたえてやりたかった。

ホールには蒸気と煙がたちこめ、分子破壊銃とブラスターの発射音が交錯している。ヴェエギュルはファジーのすぐ横にいた。かれはブルー族に命をあずけた。突然、煙のなかからマザー・リッゾがあらわれた。顔は黒ずみ、髪は焦げている。ただ、その目は輝き、右手には中型ブラスターを握っていた。状況は三人ともわかっている。策はひとつだけ。銀色の壁の向こうに突入するしかない。ファジーは右と左を指さした。リッゾとブルー族は、かれがなにもいわなくても理解している。ファジーが黒い煙を吐きだしているハッチに向かうと、あとのふたりはそれぞれ隣接するハッチに向かった。ヘルメットはすでに閉じている。ファジーが開口部から突入すると、周囲が暗くなった。モニターは外気温が危険なほど高いことをしめしている。

蒸気のなかに小柄でずんぐりした姿が見えたので、発砲。甲高い悲鳴があがり、命中したのがわかった。どこかで分子破壊銃の音がする。煙がたなびくなか、右にも左にもブラスターの閃光が見えた。ヴェエギュルとリッゾだ！　ファジーのヘルメットにグレイの泡が飛び散った。円形空間の自動消火装置が作動したのだろう。煙が薄くなる。ふたつの装置のあいだにシャント戦闘服のきらめきが見え、ファジーは発砲した。敵は炎につつまれて跳びあがり、倒れた。

ファジーはひたすら前進しつづけた。ことあるごとに臆病は人間の美徳だと主張していたかれが、戦闘マシンと化している。個体バリアの装備などない、船内用の軽コンビネーションしか着用していないことも、まるで気にならなかった。かれを守っているのは、敵は自分に傷ひとつつけられないという強固な確信だった。戦神のように悠々と歩を進め、かれのブラスターは円形空間を横切る破壊の道をつくっていった。

外の者たちもこのあいだに状況を把握していたらしく、ブラスターの銃声が多くなる。ファジーたちが確保した掩体のなかに、ヴィーロ宙航士が次々と逃げこんできて、のこった敵を掃討した。蒸気のなかからあらわれたメザー・シャープは煤けた顔をほころばせ、誇らしげな表情を見せた。

「もうだれもいない！」その大声はヘルメットごしにファジーの耳にまでとどいた。

「全員やっつけた」

消火装置はすでに火災を鎮圧していた。焼け焦げて溶けかけたマシンの残骸が、ヴィーロ宙航士たちの攻撃のはげしさを物語っている。ファジーはヘルメットを開いた。

「ハッチを確保しろ！　だれも近よらせるな」

そのあと被害を確認する。惨憺たるものだった。ホールに入ったとき二十三名いたのに、いま生きているのは十五名にすぎない。やられたのはおもにマザー・リッゾの患者たちだった。重傷だったので、敵の攻撃にすぐに対処できなかったのだ。

「きみたちに間違った希望をあたえたくない」ファジーはハッチのそばにいる男女にも聞こえるよう、大声を張りあげた。「われわれ、ここに追いつめられた。ウィンダジ・クティシャはロボット部隊を動員し、われわれがたてこもっているこの場所の壁を粉砕させるだろう。個人的には、降伏する気はない。死ぬまで拷問されるより、ここで死んだほうがましだ。だが、降伏したい者がいるなら、責めるつもりもない。武器を置いて、両手をあげて出ていってかまわない。向こうがそのしぐさを理解するかどうかは不明だが……」

だれかに腕を引っ張られ、話を中断する。振り向くと、メザー・シャープがすぐ横に立っていた。

「降伏を考えるのはまだ早い」メザーが性急にいう。「この内部を調べてみた。わたしの勘違いでなければ、ここはハイパー通信ステーションだ」

＊

希望がよみがえった。外はしずかだ。敵はあらたな状況に適応する時間を必要としているらしい。貴重な装置のあるステーションを攻撃したくないのかもしれない。メザー・シャープはエスタルトゥの技術に多少の理解がある補助者二名を見つけ、ハイパー通信機のひとつを作動させようと努力していた。すでにかれらを見はなしたと思っていた運命が、今回はかれらにほほえみかけた。メザーが十分たらずで、送信機の準備ができたと伝えてきたのだ。

ファジーのメッセージは簡潔だった。

「この通信が聞ける者、全員に聞いてもらいたい」と、インターコスモで話しかける。

「われわれ十五名のヴィーロ宙航士はフェレシュ・トヴァアル一八五にいる。ファタ・ジェシの部隊に追いつめられ、外部からの助けがないかぎり、生きのびるチャンスはない。〝凶悪ハンター〟ことウィンダジ・クティシャも、この宇宙要塞にいる」

同じメッセージを三回くりかえし、四回めに入ったとき、メザー・シャープがかれを制止した。

「もうむだだ。送信を封止された」

だが、それは心強いことでもあった。救援をもとめるファジーの声がどこかで受信され、理解される可能性がないのなら、ハンター旅団は送信をとめさせたりするだろうか？ もちろんしない。ファジーは各ハッチを巡回して点検しながら、そう説明した。ヴィーロ宙航士たちをはげましても悪いことはあるまい。

通信ステーションの外に、まだ敵の動きは見られなかった。宇宙要塞のなかで精巧な装置を使って情報を収集している《アヴィニョン》からも、問題になりそうな報告はない。探知しているロボット部隊三つは、百五十メートルはなれた位置で停止していた。

撤退したわけではないから、まだなにかたくらんでいるのだろう。

　ファジーは自分自身を責めた。一秒もむだにできないという思いから、格納庫までの最短ルートにこだわってしまったから。当然、ファタ・ジェシは《アヴィニョン》との通信を傍受していて、ヴィーロ宙航士たちがどのルートを通るか予見することができた。ロボット部隊を動かしたのも、逃亡者をだますためだ。《アヴィニョン》がロボットのエネルギー反応を追っているあいだに、ハンター旅団の探知されていない部隊を配置して罠をしかけた。ファジーの無意識はそのことを警告したのだ。それに耳をかたむけていれば、迂回路を進み、こんな絶望的な状況にはなっていなかったはず。

　最後の銃声から半時間が経過したころ、円形の通信ステーション内に、突如としてきびしい声が響きわたった。

「こちらは法典守護者シュレエ・マドレ。フェレシュ・トヴァアル一八五の命令権者だが、わたしの権威はこの宇宙要塞に立ち入る栄誉をあたえてくれたウィンダジ・クティシャに劣る。ハンターを代表して、反抗的なきみたちに以下のとおり通告する。きみたちがわれわれの攻撃をしのぎきれる可能性はない。われわれはきみたちをまちがいなく確保する……生死を問わず。だが、戦えばこちらにも損害は出るだろう。修理することは可能だが、被害を完全に避けることができるなら、そのほうがいい。現状はきみたちも理解していると思う。そこで、妥協案を提案したい。降伏するなら、無傷で解放しよう。もちろん、すぐというわけにはいかない。きみたちのシュプールをだれもたどれないようにする必要があるから。だが、きみたちの暦で遅くとも二カ月以内には解放する。代表をひとり選んで、回答してもらいたい」

「代表ならもう決まっている、法典守護者」ファジーが精いっぱいの大声でいった。

「そちらの提案は信用できない。ウィンダジ・クティシャが本気でそんな提案をするとは考えられないから」

「かれは戦士だ。嘘はつかない」

「きみはそう思っているだろうが、われわれは納得していない。考える時間がほしい」

と、ファジー。

「どのくらい？」

ファジーはためらった。ここが正念場だ。かれはファアタ・ジェシの提案を本気で受け入れることなど考えてもいなかった。時間を稼ぎたいだけだ。ただ、無理な要求をして、時間を稼ぐチャンスまで失いたくはない。

「三時間待ってもらいたい」

「一時間だ」と、シュレエ・マドレ。「一時間で合意できないなら、三時間かけても同じこと」

声が消えた。ファジーは周囲を見わたした。

「全員、聞いたな。きみたちの意見が知りたい」

＊

五十八分が経過した。ヴィーロ宙航士たちの意見表明には一分もかからなかった。もう一度凶悪ハンターの手に落ちるよりもここで死ぬほうがいいと、全員が思っている。

ハッチは四つが開いていて、そこから通信ステーションの外が見えた。ほかの八つのハッチは閉鎖して、可動式の機器類をその前まで運び、バリケードにしてある。

あとは待つだけだ。《アヴィニョン》からは三つのロボット部隊が動きだしたとの報告があった。すでにすぐ近くまできていて、通信ステーションから見えるホールの入口まで数メートルのところに迫っているらしい。

ファジーは周囲を見てまわった。考えこみながら、通信ステーションで襲ってきた敵八名の死体を眺める。奥のどこかではメザー・シャープが、通信装置をなんとか作動させようと奮闘していた。時間がゆっくりと過ぎていく。

シュレエ・マドレは銀河系の計時単位を正確に把握していて、時間ぴったりに声をかけてきた。ファジーはそれを予想していたが、それでも相手の大声にたじろいだ。

「こちらはシュレエ・マドレ。きみたちの決断は？」

「まだ結論が出ていない。意見が分かれている」と、ファジー。「もっと時間が必要だ」

「却下する」法典守護者が答えた。ちいさな雑音が聞こえ、接続が切れたとわかる。直後に《アヴィニョン》から報告があった。

「ロボットが前進を開始しました」

メザー・シャープは作業に夢中で、ほかのことには気がまわらないようだ。

「作動した！」そう叫んだ瞬間、その声には聞き逃しようのない勝利の響きがあった。

ファジーはいらだたしげに振りかえった。メザー・シャープが作業していたその場所に、大型スクリーンが出現している。暗い宇宙と、そこに輝く無数の星々が表示されて……前景には宇宙要塞の一角もうつっていた。

「きたぞ！」ヴェエギュルの甲高い声が聞こえた。

分子破壊銃の発射音があたりに満ちる。開いたハッチの向こうに青白い光の揺らぎが見えた。ファジーは魅せられたように、外壁の一部が崩壊するのを眺めていた。金属が分解して気体になり、重いグレイの雲になって流れ去っていく。

ブラスターの銃声で、ファジーはわれに返った。大型マシンの陰に飛びこむ。外壁にできた亀裂から外をのぞくことができた。箱形の重厚なロボット数体が通廊のひとつから浮遊してくる。狙いをつけていると、ロボットの表面がちらちらと、くすんだきらめきをはなっていることに気づいた。やり場のない怒りが湧きあがる。かれは発射ボタンを押した。おや指ほどの太さの熱線がホールを突っ切る。ロボットは燃えあがったように見えたが、炎は金属の箱の周囲を液体のようにぐるぐるまわるだけだ。ロボットは意に介さず、前進しつづけた。

「バリアを張っている！」ファジーは絶望の声をあげた。「一点集中しろ！」

背後で砂利がなだれ落ちるような音がして、ファジーは振り向いた。そちら側の壁も崩壊しかけているのを見て、愕然とする。かれは新しい掩体を探した。左手にイデュルの姿が見えた。人の背丈ほどの装置の陰に身をかくして、正面のロボットを銃撃している。かれのところからは見えないもうひとりが、さらに銃撃にくわわった。

「先頭のロボットに集中しろ！」と、ファジー。

一点集中射撃の効果が出はじめた。

ロボットのバリアが崩壊し、マシンは雷鳴のような音とともに爆発した。ファジーは雄叫び（おたけび）をあげたが、すぐにそれが勝利でもなんでもないことに気づいた。ロボット一体を破壊したにすぎない。ハイパー通信ステーションに面した長大な前線のこちら側だけで、三十体以上が迫ってきているのだ。見こみのない戦いだった。

壁の亀裂から分子破壊銃のビームが飛びこんできて、イデュルが悲鳴をあげた。ファジーは驚きとショックで硬直し、女ブルー族がきらめく霧に変わるのを見ていることしかできなかった。かれはうなだれて、ほてった顔を冷たい床に押しつけた。涙が目にあふれ、頬を伝い、汗と入りまじる。疲れはてて、身も心も限界だ。こんなことになんの意味がある？　かれはいつのまにかヘルメットを閉じていた。分子破壊銃の連射で生じた金属の蒸気は、吸いこむと毒になる。

もっとましな掩体をもとめて周囲を見わたす。通信ステーションの壁はもうすっかり破壊されてしまっていた。いくつかの装置類がまだ遮蔽物になっているが、それらも攻撃を受けている。

あと数分もすれば、すべてが終わるだろう。

衝撃とともに床が揺れ、からだがすこし浮きあがった。長く尾を引く雷鳴のような音がホールに満ちる。振動で肺から空気がたたきだされた。ファジーは驚きとまどって、横に這い進み、掩体の陰にかくれた。二度めの衝撃が床を揺らす。強力な爆発の衝撃波があたりの蒸気を吹きはらった。

「ロボットが！」だれかが叫んだ。「撤退していく！」

ファジーは信じられない思いで顔をあげた。前方十メートルほどのところで、箱形の重厚なロボットが蒸気のなかに消えていった。ほんとうに撤退している！　ファジーは立ちあがった。周囲を見まわす。この不可解な事態を説明する手がかりがほしかった。

そのとき、ヘルメットの受信機が作動した。

「こちらはＧＯＩ」と、インターコスモの声が響く。「ヴィーロ宙航士、応答せよ。きみたちを救出しにきた」

＊

ファジーはそのあと起きたことをはっきりおぼえていなかった。あまりにもほっとしたせいで、一時的になにも考えられなくなっていたから。出来ごとの順序を間違っておぼえていたり、受けた印象が現実なのか想像なのか、わからなくなっていたりする。フェレシュ・トゥヴァアル一八五がはげしい攻撃を受けたのはたしかだ。メザー・シャープが作動させた大型スクリーン上に球型宇宙船の輪郭があらわれ、その表面にドーム状の構築物が生じたから。

ヴィーロ宙航士たちは通信ステーションをあとにして、懸命に走っていた。経路はヘルメットの受信機で指示された。ファジーはすぐ近くに自分たちの船があることを、なんとかしてGOIに伝えようと努力した。返ってきたのは明確で、議論の余地のない答えだった。

「より道している時間はない！　五分以内にきみたちを船内に収容できなければ、それで終わりだ」

敵は姿を消し、ロボットも見あたらない。ファタ・ジェシはもう、捕虜にかまってなどいられないのだ。GOIの攻撃への対処に全力をあげている。ヴィーロ宙航士たちはグラヴォ・パックを作動させ、通廊を疾駆していった。爆発のリズムに合わせて照明が明滅する。突然、ファジーは背後からなにかにつかまれ、前に押しだされるのを感じた。空気が漏れるときの甲高い音が聞こえ、照明がすべて消える。ヘルメット・ランプが自動的に点灯した。はるか前方に、きらきら輝く霧のようなものが渦巻いている。GOIが宇宙要塞の側面に亀裂をつくったのだ。噴出する空気がヴィーロ宙航士たちをとらえ、宇宙空間の冷気のなかにいっしょに連れ去っていく。

ファジーは気流に身をまかせた。折れ曲がった金属製の筋交いのそばを通過し、宇宙空間の闇のなかに出る。牽引フィールドのブルーがかったちらつくラインが指のようにかれをとらえ、引っ張っていった。照明のまばゆいエアロックが近づいてくる。セランを着用した人影が光のなかにあらわれた。ファジーの背後では宇宙が燃えあがっている。GOIのトランスフォーム砲が仮借なく宇宙要塞を攻撃していた。

ファジーはエアロックの床にくずおれた。手が伸びてきてかれを助け起こす。かれはよろこんでその手に身をゆだねた。

浮遊ストレッチャーで別室に運ばれ、だれかがヘルメットを開く。目の前に知らない人間の顔があった。

煙のにおいのしない、新鮮な空気を吸いこむ。

そのときようやく安堵感が全身をつつみこみ、思いがけず英雄となったボニファジオ

・〝ファジー〟・スラッチは意識を失った。

＊

気がつくと、そこは設備のととのったちいさな部屋だった。ファジーはエアベッドに寝かされていた。この数時間の苦労は、もうなんの痕跡ものこしていない。治療は終わったようだった。コンビネーションも新しくなっている。ドアの上にはグリーンと赤の、ふたつのランプが点灯していた。かれを救助した船はメタグラヴ航行中ということ。

ファジーは伸びをした。まるで外で監視しながら待っていたかのように、すぐにドアが開いて、ひと目でテラナーとわかる男が入ってくる。男のコンビネーションには古来の医療従事者の紋章が描かれていた。杖に巻きついた蛇だ。

「アルモンド・メイスという」男がいった。「ぶじ脱出おめでとう。《リングワールド》にようこそ。気分はどうだ?」

ファジーは両足を寝台からおろした。

「わざわざどうも。めったにないくらいいい気分だ。ほかの者たちはどうしている?」

「きみよりは軽傷だ」と、メイス。

「何名救出されたんだ?」

「十三名を収容した」

ファジーはうなだれた。イデュユルのほかにも、一名が犠牲になったということ。

「最初は何名だったんだ？」メイスがたずねた。

「四十名だ」ファジーが低い声で答える。

「気の毒に」メイスは振りかえった。「これが多少ともなぐさめになるといいんだが」かれの声に応じてドアの前にスクリーンが出現し、フェレシュ・トヴァアルがうつしだされた。数日前、《アヴィニョン》が宇宙要塞に接近したとき見たのと同じものだ。だが、いま、その表面には電光がはしり、あちこちで内部から輝く炎が噴出していた。

「いつの映像だ？」

「八十分前。それだけのあいだ、きみは意識を失っていた」

映像を見ているうちに、ファジーの興奮は徐々に高まっていった。音声はついていない。四角い宇宙要塞の前をＧＯＩの船の幽鬼じみたシルエットが飛びかい、死の淵に瀕した構造物に片舷斉射を浴びせている。

カメラが引いていく。フェレシュ・トヴァアルは徐々に宇宙の闇に溶けてちいさくなっていった。やがて強烈な閃光がはしる。青白い火球が生じ、膨張して、黄色からオレンジ色、オレンジ色から赤へと色を変え、ふたたびそれ自身のなかに収縮していく。数分が経過した。光が暗くなり、ついにはすっかり消えてしまった。光が見えたポジションにかすかに光るガスの雲ができ、それがみるみるひろがっていく。

それがフェレシュ・トゥヴァアル一八五の残滓のすべてだ。ファジーは胸が締めつけられるようだった。消滅したのは宇宙要塞だけではない。有能なヴィールス船《アヴィニョン》も、もはや存在しないのだ。

「多少のなぐさめだな、たしかに」と、ファジー。「ウィンダジ・クティシャも道連れにできたのか？」

「そう願っているが」と、メイス。「凶悪ハンターは予想がつかない。残念ながらとり逃がしていれば、すぐに消息が聞こえてくるだろう。功績を自慢せずにはいられないやつだから」

「われわれ、これからどこに？」ファジーがあくびをしながらたずねた。

「クラーク・フリッパー、組織の基地のひとつだ」

「どのくらいかかる？」

「一時間以上にはならない」メイスはファジーの驚いた顔に気づき、説明した。「そこに向かっている途中、きみたちの救難要請を受信した。だから現場に到着するのがまにあったんだ」

ファジーは寝台に横になった。

「疲れた」と、つぶやく。

「無理もない」メイスはにやりとした。「薬が効いてきたんだ」

最後の言葉はもうファジーの耳にとどかなかった。すっかり眠りこんでいたから。

あとがきにかえて

嶋田洋一

銀座スポーツ吹矢倶楽部（十二月一日に「スポーツ吹矢振興協会」に改称予定）が主催する〝第二回日刊スポーツ杯スポーツ吹矢大会〟に参加してきた。

第一回にも参加しているが、あのときと比べるとだいぶ運営がこなれてきた感じ。進行もほぼ時間どおりで、ストレスなく競技を楽しむことができた。「楽しくなければ吹矢じゃない」というモットーに忠実な大会だったと思う。

さて、いかにも秋らしく日々ころころ天気が変わる中、当日は晴天に恵まれ……といっても屋内競技なので天気はあまり関係ないのだが、やはり晴れていたほうが気分は高まるというもの。都内に向かう東武スカイツリーラインの電車の中からは富士山がよく見えて、今日はいい成績が出そうだと期待もふくらむ。

会場は地下鉄の人形町駅から〝甘酒横丁〟を抜けた先、浜町公園の中にある中央区立総合スポーツセンター。バスケットボールのコートが二面取れるメインアリーナを使い、参加者は主に関東地方から集まった六十名ほどだった。人数がわりと少ないのは、前後左右に二メートルの間隔を取って椅子を設置するため。競技で矢を吹くとき以外はマスク着用、会場には消毒用のアルコールも用意され、感染症対策に気を使っているのがわかる。

今回のクラス分けは六メートルの部、八メートルの部、女子十メートルの部、男子十メートルの部の四部門。各部門一位から三位までにメダルと賞品が授与されるほか、〝飛び賞〟と称して、部門に関係なく点数の総合順位が五の倍数だった参加者にも賞品が用意されている。わたしは男子十メートルの部で出場した。

的は十二面を横一列に並べ、的から六メートル、八メートル、十メートルの位置に目印の線が引いてある。一つの的に対して五名から六名が順番に吹いていく方式。

まずは開会式で、主催者の銀座スポーツ吹矢倶楽部の青柳芳英代表理事と、日刊スポーツ新聞社の担当記者の方の挨拶。今回のルールや注意事項などが説明され、いよいよ競技が始まった。

競技ではまず三本の試射(最初のラウンド前の一回だけで、点数外)のあと、一ラウンド五本を吹き、すぐに続いてもう一ラウンド五本を吹いて、次の人と交替するというやり方が取られた。使うのはいわゆる〝標準的(まと)〟で、中央の直径六センチメートルの円内が七点、その外側に直径が六センチメートルずつ大きな同心円を描いて五点、三点、一点の環が並び、その外に出ると〇点、という構成になっている。的紙はシール・タイプで、それを的台に貼りつけ、念のため四隅をピンで留める。感染症対策として、交替前に自分が使った的紙をはがし、的台を消毒してから席に戻るという徹底ぶりだ。こうして二ラウンドずつ吹くのを各人三回繰り返して、六ラウンドの点数を合計する。一ラウンドの最高点は三十五点なので、最大で二百十点が出ることになる。自分はもちろん、ほかの誰かが出すところさえ見たことないけど。

十時半ごろから競技が始まって、全員が二ラウンドずつ吹き終わったあとは昼休みに入る。七月にも同じ会場で〝第一回スポーツ吹矢オープン大会〟というのをやっていて、そのときは施設内のレストランは休業していたのだが、この日は開いていた。それだけ感染状況が改善したということだろう。弁当を持っていったのでレストランは使わなかったのだが、何となくほっとしたというか、少しずつ状況がよくなっているのを実感できた気がした。次があればレストランを利用してみたいけど、参加者全員が押しかけたら混みそうだな。

午後は一時過ぎから第三・第四ラウンド、そのあと間を置かずに第五・第六ラウンドをこなし、全員が吹き終わったところで競技終了となった。点数は競技の進行と並行しながら順次集計され、大型スクリーン上に表示されていく。この集計ソフトがよくできていて、担当者が点数を入力していく端から合計点と平均点が計算され、それに応じて順位が入れ替わっていく。スクリーンが一面しかないので、自分のクラスが表示されるのを待つ必要はあるものの、途中経過に一喜一憂できる仕様だ。やはりこういう競技会では、他人と成績を比較するのが楽しいんだよね。

さて、わたしの成績だが……

最初の試射は三本とも中央の直径六センチメートルの円内、七点の範囲に入って、これは好調！　と喜んだのも束の間。

「第一ラウンド、用意、始め！」の声で一気に緊張したのか、以後はあっちこっちにはずれまくって、最近ちょっと記憶にないくらいひどい出来。男子十メートルの部の二十九人中二十一位に終わった。富士山を見ながらふくらませた期待は何だったんだ。

どうやら今回は何の賞品ももらえずにすごすご帰るしかなさそう、と思っていたら、総合順位が四十位になり、飛び賞の賞品はゲットできた。ラッキーではあるけれど、六十数人中の四十位では、あまり喜べないなあ……

十二月ごろにまた大会を開催するとの話だったので、次はもう少しましな点数が取れるよう、精進したいと思う。

歴史は不運の繰り返し

——セント・メアリー歴史学研究所報告

Just One Damned Thing After Another

ジョディ・テイラー

田辺千幸訳

歴史家の卵マックスは恩師からセント・メアリー歴史学研究所での勤務を紹介される。じつはここでは実際にタイムトラベルしながら歴史的事件を調査していたのだ！　ハードかつ凄惨を極める任務、さらには研究所を揺るがす陰謀まであきらかになり!?　英国で大人気のタイムトラベルシリーズ開幕篇。解説／小谷真理

ハヤカワ文庫

折りたたみ北京

現代中国SFアンソロジー

Invisible Planets

ケン・リュウ編

中原尚哉・他訳

陳楸帆　夏笳　馬伯庸　郝景芳　糖匪　程婧波　劉慈欣

折りたたみ北京

Contemporary Chinese Science Fiction in Translation

現代中国SFアンソロジー

早川書房

ケン・リュウ編

中原尚哉・他＝訳

Edited by Ken Liu

Translated by Naoya Nakahara and others

INVISIBLE PLANETS

鼠年／丽江的鱼儿们／沙嘴之花／百鬼夜行街／童童的夏天／龙马夜行／寂静之城／看不见的星球／北京折叠／黄色故事／萤火虫之墓／圆／赡养上帝

〔ヒューゴー賞／星雲賞受賞〕十万桁まで円周率を求めよと始皇帝に命じられた荊軻は三百万の軍隊を用いた人間計算機を編みだす。『三体』抜粋改作にして星雲賞受賞作「円」、三層都市を描いたヒューゴー賞受賞作「折りたたみ北京」などケン・リュウが精選した七作家十三篇を収録のアンソロジー　解説／立原透耶

火星へ（上・下）

メアリ・ロビネット・コワル
酒井昭伸訳
The Fated Sky

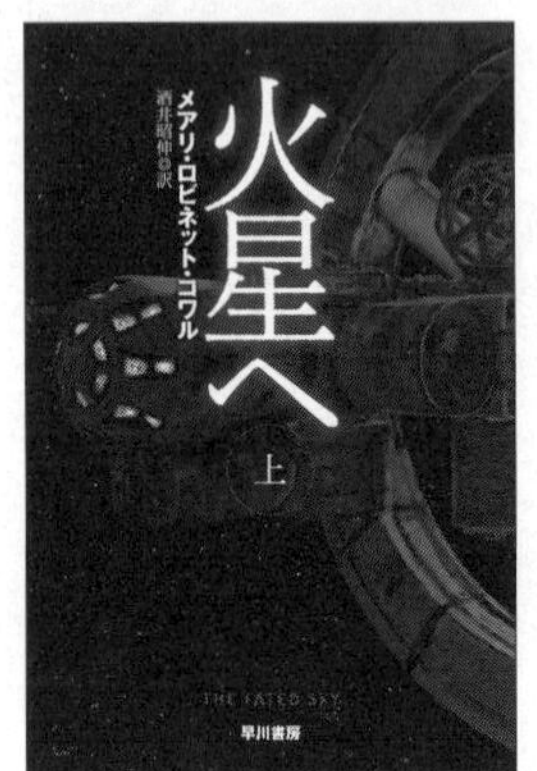

一九六一年。人類は月面基地と宇宙ステーションを建設し、つぎは火星入植を計画していた。〈レディ・アストロノート〉として知られる女性宇宙飛行士エルマは、航法計算士として初の火星有人探査ミッションのクルーに選ばれ、悩んだ末に三年間の任務を引き受けるが……。改変歴史宇宙SF第二弾　解説／鳴庭真人

デューン 砂の惑星〔新訳版〕(上・中・下)

Dune

フランク・ハーバート

酒井昭伸訳

〈ヒューゴー賞/ネビュラ賞受賞〉アトレイデス公爵が惑星アラキスで仇敵の手にかかったとき、公爵の息子ポールとその母ジェシカは砂漠の民フレメンに助けを求める。砂漠の過酷な環境と香料メランジの摂取が、ポールに超常能力をもたらし、救世主の道を歩ませることに。壮大な未来叙事詩の傑作! 解説/水鏡子

ハヤカワ文庫

ユナイテッド・ステイツ・オブ・ジャパン（上・下）

United States of Japan

ピーター・トライアス

中原尚哉訳

第二次大戦で日独が勝利し、巨大ロボット兵器「メカ」が闊歩する日本統治下のアメリカで、帝国陸軍の石村大尉は特別高等警察の槻野とともに、アメリカが勝利をおさめた歴史改変世界を舞台とする違法ゲーム「ＵＳＡ」を追うことになるが――二十一世紀版『高い城の男』と呼び声の高い歴史改変ＳＦ。解説／大森望

ハヤカワ文庫

〈ローダンNEO①〉

スターダスト

PERRY RHODAN NEO　STERNENSTAUB

フランク・ボルシュ

柴田さとみ訳

二〇三六年、スターダスト号で月基地に向かったペリー・ローダンは異星人の船に遭遇する。それは人類にとって宇宙時代の幕開けだった……宇宙英雄ローダン・シリーズ刊行五〇周年記念としてスタートした現代の創造力で語りなおすリブート・シリーズがtoi8のイラストで遂に日本でも刊行開始　解説／嶋田洋一

ハヤカワ文庫

2000年代海外SF傑作選

橋本輝幸編

独特の青を追求する謎めく芸術家へのインタビューを描き映像化もされたレナルズ「ジーマ・ブルー」、東西冷戦をSFパロディ化したストロス「コールダー・ウォー」、炭鉱業界の革命の末起こったできごとを活写する劉慈欣（リウ・ツーシン）「地火（じか）」など二〇〇〇年代に発表されたSF短篇九作品を精選したオリジナル・アンソロジー

ハヤカワ文庫

2010年代海外SF傑作選

橋本輝幸編

〈不在〉の生物を論じたミエヴィルのホラ話「〝ザ・〟」、ケン・リュウによる歴史×スチームパンク「良い狩りを」、仮想空間のAI生物育成を通して未来を描くチャンのヒューゴー賞受賞中篇「ソフトウェア・オブジェクトのライフサイクル」など二〇一〇年代に発表された十一篇を精選したオリジナル・アンソロジー

訳者略歴　1956年生，1979年静岡大学人文学部卒，英米文学翻訳家　訳書『ネットウォーカー』ヴルチェク＆マール、ヴルチェク，『カルタン人の秘密基地』エーヴェルス＆シドウ（以上早川書房刊），『巨星』ワッツ他多数

HM=Hayakawa Mystery
SF=Science Fiction
JA=Japanese Author
NV=Novel
NF=Nonfiction
FT=Fantasy

宇宙英雄ローダン・シリーズ〈654〉

暗黒空間突入（あんこくくうかんとつにゅう）

〈SF2347〉

二〇二一年十二月 十 日　印刷
二〇二一年十二月十五日　発行

（定価はカバーに表示してあります）

著　者　エルンスト・ヴルチェク　クルト・マール
訳　者　嶋田洋一（しまだよういち）
発行者　早川　浩
発行所　株式会社早川書房
郵便番号　一〇一 - 〇〇四六
東京都千代田区神田多町二ノ二
電話　〇三 - 三二五二 - 三一一一
振替　〇〇一六〇 - 三 - 四七七九九
https://www.hayakawa-online.co.jp

乱丁・落丁本は小社制作部宛お送り下さい。
送料小社負担にてお取りかえいたします。

印刷・信毎書籍印刷株式会社　製本・株式会社川島製本所
Printed and bound in Japan
ISBN978-4-15-012347-5 C0197